[法]克莱丽·阿维 著
刘宇婷 译

我仍在

Je suis là
Clélie Avit

西南师范大学出版社
国家一级出版社 全国百佳图书出版单位

一

埃尔莎

我身体冰冷，饥肠辘辘，内心恐惧。

我现在应该就是这样的情形。

我昏迷了二十个星期，我想象这时的我应该是又冷、又饿、又害怕的。这样的想象其实毫无意义。如果说有谁能体会到我的感受，那个人只能是我自己。但是在这种情况下，我的感受，也只能靠自己想象了。

我知道自己处于昏迷之中，是因为我听到他们说起这件事。如果我没算错日子的话，大概六个星期之前，我在一片混沌之中第一次听到了"昏迷"这个词。

我尽力去计算过了多少天。一开始我会默算医生来的次数，后来他基本上就不来了。于是我又开始细数护士巡视的次数，但是她们来得很没有规律。其实最简单的是计算清洁女工来的次数，她每天夜里一点左右都会到我的病房来打扫卫生。我能知道时间是因为她挂在手推车上的收音机会整点报时。而这个报时声，我听了四十二遍。

我恢复意识已经有六个星期了。

六个星期了，却没有人发现我已经恢复了意识。

他们也不再给我做 CT 扫描了。如果我床头那个发出"哔哔"声的监控器没有显示我的大脑已经重新恢复了听觉，他们就不必大费周章地把我塞进那个价值八十万欧元的 CT 机了。

所有人都认为我不会醒过来了，就连我的父母都开始放弃了。我母亲不再那么频繁地来探望了，父亲大概是从出事后的第十天就再也不来了。只有我的妹妹，每周三按时来看我，有时她还会带着她当时的男朋友。

我妹妹二十五岁了，看起来还像个青春期的孩子，她几乎每个星期都会换个男朋友。我有时很想好好教训教训她，但现在的我也是心有余而力不足，只有听她跟我说话的份儿。

这些医生们最会说的一句话就是："多跟她说说话。"每次听到医生这样说，我都想把他身上的绿大褂塞到他嘴里去。当然，后来他们也不怎么来了，也就清净了。其实我也不知道他们穿的大褂是不是绿色的，这只是我的想象。

很多事情我都要靠想象。

事实上，除了天马行空的遐想，我也无事可做。我妹妹的那些心事，我已经听烦了，虽然她讲的时候并没有添油加醋，但终归就是那点儿事儿。她总是在描述同样的开头、同样的经过、同样的结局，唯一不同的就是男主人公。他们有些是大学生，有些是机车党，感觉都不是很靠谱，但她总是不以为然。我以前从未对她说过我的这些想法，要是这次我能醒过来，我一定要告诉她我的想法。这对她是有好处的。

有妹妹在还是挺好的，比如当她为我描述起身边事物的那一刻，但这种状态通常只能持续五分钟。在她刚走进我房间的五分钟内，她会给我讲墙壁的颜色，外面的天气，护士穿在罩衫下的短裙，和她来医院时遇到的脾气极差的担架员。我妹妹是学美术的，因此当她为我描述这些场景时，我仿佛在阅读一首用画面写成的诗。但这样的享受只有短短五分钟，接下来的一个小时，她给我朗读伯纳德·康沃尔的小说《丑角》。

今天好像是阴天，房间里乳白色的墙壁因此而显得更加难看。护士小姐为了显得活泼一些，穿了米色的短裙。妹妹最新一任男友名叫阿德里安，她说到这里时，我就开始屏蔽她的声音了，直到她离开，把门带上，我才再度打开耳朵的"收听"功能。

我又是独自一人了。

其实这二十个星期以来我都是独自一人，只不过最近这六个星期我才意识到这一点。但这段时间对我来说却像"永恒"一般漫长。我要是能多睡会儿，让我的意识与外界脱离，或许时间能过得快些，但是偏偏我又不喜欢睡着。

我不知道我对自己的身体还有没有哪怕是一丁点儿的感应。要是把我比作一部机器，我到底是开着的，还是关着的呢？我在自己的精神世界里随心所欲，却被禁锢在自己的身体里。并且，我又不喜欢睡着的状态。

我不喜欢睡着，一旦睡去，这比禁锢还要可怕，我成了一个观众。我看着所有的景象从我眼前飞逝而过，却无法抓住丝毫。我没有任何办法把自己叫醒，让自己大汗淋漓，或是努力挣扎，只能眼睁睁地看着，等待结局。

每一晚都是同一个梦，每一晚都周而复始。每晚我都会梦到让我沦落至此，沦落到这个破医院来的那件事。让我觉得最痛苦的是，我沦落至此，完全是我自己一手造成的。就像我父亲说的，这都是因为我，因为我和我那愚蠢的登山梦。也是因为这个，他不再来医院探视我了。他肯定觉得我这样是咎由自取，他从来也不懂我为什么这样热爱登山。他以前经常对我说，我迟早会为此丧命，出了事儿之后他一定觉得他赢过了我。我呢，我也没觉得自己是输了还是赢了。我什么感觉也没有，我只是想赶快清醒过来。

我想真真切切地有那种又冷，又饿，又害怕的感觉。

在昏迷中感知自己的身体是多么的不可思议，我这才真正意义上地了解到恐惧不过就是一种化学反应。要是我没有昏迷，每晚可能都会被那周而复始的噩梦惊醒，但如今我陷入昏迷，只能无助地看着梦魇在眼前发生，看着梦中的自己在凌晨三点就早早起身，叫醒了营地里同组的队友。我看到自己胡乱地吃着早餐，和往常一样纠结着要不要喝杯茶，又怕一会儿到冰山上想上厕所。我有条不紊地一层一层穿好登山服，拉上防风外套的拉链，戴上手套，调整好头灯，蹬上钉鞋。同伴们有说有笑。他们也和我一样，虽然还没睡醒，但充满了激动与喜悦之情。我看到自己调整好保险带，把绳子扔给史蒂夫，打了一个八字绳结。

这个该死的八字结。

我打过数不清多少次的八字结。

那天早上，史蒂夫一直在和我说笑，于是我就忘记了让他再检查一遍绳结。

那个绳结看上去确实打得结结实实的。

可我无法提醒梦中的自己，我只得看着自己一手卷住多余的绳子，另一只手拿上冰镐，开始上路了。

我看着自己气喘吁吁，微笑着，颤抖着，前进、前进、前进再前进，每一步都迈得很稳健。梦中的我正跟史蒂夫说要当心横跨在冰川裂隙上方的雪桥。我看着自己咬紧牙关，小心翼翼地通过了一小段险境，之后长舒了一口气，还在开玩笑说这一切简直易如反掌。

而这时，我看到自己的双腿开始下陷。

接下来发生的一切，我都已经烂熟于心了。那段雪桥本来是一个巨大的平面，我是当时唯一一个还留在上面的人。这时我的脚下开始松动，紧接着雪面一下子塌陷，我也跟着掉了下去。我能感到联结着我和史蒂夫的绳索瞬间紧绷了起来，我俩就像拴在一根脐带上的双胞胎。接着先是那种紧绷感消失了，当我感到绳索好像变长了几厘米之后，恐惧开始向我袭来。我听得到史蒂夫的声音，他用冰镐和鞋钉把自己固定在了冰面上。我还在天旋地转之中，雪却仍然不停地从上方倾泻下来，压在我的身上。我感到绳索在我身上的拉力正在一点点地松弛，直到那个八字结支撑不住散开，顷刻间我被倾泻而下的雪冲走了。

我并没有被带走多远，大概两百多米，但四周都被雪覆盖了。我感到右腿剧烈疼痛，我的手腕好像也扭成了奇怪的角度。感觉经历了几秒钟的昏迷后，我醒了过来，而且无比的清醒。我的心剧烈地跳着，又惊又怕，努力地想使自己冷静下来。厚厚的积雪压得我动弹不得，仅在我面前有那么几平方厘米的空隙让我能勉强地呼吸。我的嘴微微张开，连咳嗽的力气都没有，口水顺着右边的脸颊流下来，这样看来我应该是侧躺着的。我闭上眼睛，尝试着想象我正躺在自己的床上，可是我做不到。

我听到头顶上方的脚步声和史蒂夫的声音，我想大喊，告诉他我就在这儿，就在他脚下。我还听到了其他人的声音，一定是我们刚刚超过的那些登山队员赶上来了。我想吹口哨，弄出点儿动静，可我的头也一动都动不了。于是我只能坐以待毙，感觉自己被冻成了一块石头。渐渐地，那些声音开始变得模糊不清，我不知道是因为他们走远了，还是因为我要睡过去了，总之一切都黑了下来。

在这之后，我所能记起的唯一一件事情，就是一个医生的声音，他告诉我的母亲还有一些表格要填，因为我刚刚换了病房。"夫人，希望您能够理解，超过了十四个星期，我们也无能为力啦。"

我一下子明白了，我现在除了可以听之外，什么也做不了了。我的意识知道是该大哭一场了，可我却怎么也哭不出来。我甚至都没有悲伤的感觉，到现在也没有。我只是一个空荡荡的茧。不，应该说我住在一个空荡荡的茧里面。

或许把自己说成等待化茧成蝶的蛹，会更加诗意一些。我多想能破茧而出啊，那样的话，我还是这个身体的主人。

二

蒂博

"我跟你说,别再烦我了!"

"你要是不去看他,就哪儿也别想去。"

"够了!我试过十五次了,没用的。他就是一个坏透了的下流胚,无可救药了。他的事儿跟我没关系。"

"妈的,他是你亲弟弟啊!"

"在他把两个小女孩撞死之前,他可能还是我弟弟。他逃得了一时,逃不了一世。他要是能像那两个女孩一样死了才好,至少这对他来说也算是个教训。"

"混蛋,蒂博,你听听你自己在说什么!你说的这都是什么疯话！"

我整个人都凝固了。这些话我已经向所有人重复说了一个月了，但我表哥一直坚信我这样说是因为我一直处于一种焦躁不安的状态。我现在已经不再担心什么了。一开始我感到很焦虑。那个时候医院打来电话，我母亲瞬间就晕倒在厨房的地板上。我们开着表哥那辆又老又旧的标致206超速疾驰……我烦透了，直到我看到一个警察站在我弟弟的病房门口。从那一刻开始，我所剩下的就只是愤怒了。

"我不是胡言乱语，我说的每个字都是认真的。"我冷冰冰地说着。

这句话全然出乎表哥的意料，他在走廊中呆呆地停住了。这时几个护士不慌不忙地从我们身边走过，我知道母亲已经在五十五号病房里了。我看了表哥一眼，他难过得一句话也说不出。

"你就别操心了，也让我安静一下。你愿意跟我妈怎么说就怎么说吧。我一会儿在出口那儿等你们。"

我转过身，推开我右手边那扇通向楼梯间的安全门，门在我的背后狠狠地关上。医院里是不会有人走楼梯的，不会有人来打扰我。于是我闭上眼,靠着墙,缓缓地滑坐到了地上。

即使穿着牛仔裤,我也能感受到那打过蜡的、冷冰冰的水泥地面。这些我已经不在乎了。刚才开车来的时候,车里没有暖气,我的脚已经冻僵了,手也冻青了。我都不敢想要是整个冬天我出门的时候都忘戴手套,这双手该冻成什么样。按理说现在还应该算是秋天,但空气中已经可以嗅出冬天的味道了。一踏进这家医院,我就感到一股怒火已经冲到了喉咙口。一想到我弟弟,一想到这桩事故,一想到他撞死了两个小女孩之后的第二天还在醒酒,我就忍不住想呕吐。可我的喉咙只是因为痉挛收紧了两下,什么也没吐出来。干呕,真是再好不过了。

我感觉鼻腔里全是医院那股子味儿。奇怪,一般在楼道里味道不会那么大才对。我一边咒骂着,一边睁开眼睛,想看看是不是哪个医生在楼道里落下了什么东西。

我呆住了,原来我是在一间病房里。我刚才一定是把安全出口的标志和门上的一个什么牌子搞混了。我想趁着床上的病人没有被我吵醒之前赶紧出去。

我坐在门边,只能看到那个病人的腿,两条盖着粉红色被单的腿。这里虽然有种医院特有的化学品的气味,但是还是有些别的什么东西吸引了我的注意力。除了医院病房里常有的药品和消毒水的味道以外,好像还有一股特别的气味,我闭上眼睛仔细闻了闻。

茉莉,是茉莉的香味。这种香味并不常见,但我可以肯定,因为我母亲每天早上都喝茉莉花茶,是同一个香味。

真奇怪,刚才我摔门的声音那么大,都没有吵醒里面的人。那人好像还熟睡着。我不知道里面躺着的是男是女,但就凭这个香味,我猜是个女的。我认识的男人里面可没有用茉莉香型的香水的。

我轻手轻脚地往前挪动,好像一个躲在浴室墙边偷看人家洗澡的小男孩。茉莉的香气更浓了,我探出头一看,果不其然,一个女人躺在那里,我的预感得到了证实。她仍然熟睡着,太好了,这样我就能不惊动任何人赶快溜出去了。

正当我转向门口准备离开时,我从墙上挂着的一面小镜子里瞥见了自己,眼神惊慌,头发凌乱。我母亲总是唠叨我上点儿心整理一下头发,能显得更有风度,我总是敷衍说没有那个闲工夫。然后她会反驳说我的一头棕发要是理顺了会很招女人喜欢的，这时我只能跟她解释说除了泡妞之外，我还有更重要的事情要做，通常对话就到此结束了。自从一年前我和辛迪分手之后，我就沉迷于工作中。不得不承认，我们一起生活六年，对我的性格、脾气还是很有影响的。她走后，我消沉了好长一段时间，之后才慢慢好起来，那时谁还有心情管头发。

镜中的我一脸胡子拉碴，已经两天没刮胡子了。这样看起来也并不丑，但是我母亲肯定会说我应该把自己收拾得干净些。大家一定会以为我和母亲住在一起，其实并没有。我有一间两居室的小公寓，四层楼，没电梯，别致又温馨。只不过之前有将近一个月，我经常睡在我母亲的客厅里，让她十分担心。我父亲离开我母亲时，她搬了家，新家又没有客房。总之，客厅的沙发是我买的，直觉告诉我有一天我会用到它。两个月之后，辛迪离开了我。

我对着镜子用力搓了搓自己的脸颊，好让手指也暖和起来，把窝在毛衣下面的衬衫领子拽出来弄整齐。真不敢相信，我穿得这样邋遢工作了一天，竟然没有人提醒我一下。他们应该知道今天是星期三，是公司的开放日，他们有机会和我四目相对，却选择了默不作声。这是出于礼貌，或是漠不关心，还是他们都等着我被炒鱿鱼好取而代之？

同事们的默不作声也是情有可原。那次我在公司的走廊里对辛迪破口大骂，指责她和她上司睡了，已经招来了众多非议。后来辛迪换到了别的分公司，我又是这里的中坚力量，公司也不想失去我。这件事就此平息了。

我看着镜中这双灰色的眼睛，在深色头发对比下，显得那么苍白。我摸了摸自己的头，好像这样就能安慰到母亲，就能把这一切都抛诸脑后。我没招谁没惹谁，这都是何苦呢！

一阵噼里啪啦的声音从窗边传来，打断了我的思绪。见鬼，外面开始下雨了。我可不想这会儿站在外面冻着等我母亲和表哥。我环顾四周，这间病房还算暖和，那个病人还在熟睡，而且病房里的陈设都干干净净的，看上去平时没什么人来探望她。

我琢磨了一下当前的形势。如果这个人醒过来，我可以说我是刚进来的，走错了房间，以此蒙混过关。要是有人来看望她，我就随口说是她的一个老朋友，然后找机会溜掉。

但是这样的话，我好像得知道一下她叫什么名字。

床前挂着的病历上显示她叫埃尔莎·比利耶，二十九岁，颅脑创伤，手腕和右膝严重创伤，多处软组织挫伤，腓骨轻微骨折……长长的一串病历以这个世界上最残酷的一个词语作为结束。

昏迷。

这样，我也不用害怕会吵醒她了。

我放下病历看着眼前这个女人，二十九岁，就这样躺在这里，身上连着各种管子和线，看上去像一个四十来岁的母亲被黏在了一张蜘蛛网上。我又走近了些，仔细看了看，才看出她的风华正茂。她有张漂亮而精致的脸，栗色的头发，脸上有些许小雀斑，右耳那里还有一颗美人痣。可能是因为她露在被单外面消瘦的双臂和下陷的脸颊让我之前觉得她比实际年龄老了十岁。

我又重新看了一眼病历，不由得一惊。

受伤日期：七月十日。

她这个样子已经五个月了。看到这里，我本应该把病历放回去了，但强烈的好奇心却涌了上来。

事故原因：登山时遭遇雪崩。

真是到处都有不要命的人。我怎么也搞不懂为什么会有人去冰山上找死，那上面又冷，又到处是冰窟窿和断层，每走一步都可能会踏进鬼门关，她现在一定后悔死了。唉，话虽如此，她恐怕根本不知道发生了什么。人的意识不知道去了什么地方，这就是昏迷的要义。

突然间我产生了一个可怕的想法，要是我弟弟和这个姑娘换过来该多好。她至少没有伤害过任何人，却要一个人孤零零地躺在这里。而我弟弟呢，酗酒驾车，害死了两个十四岁的女孩，昏迷不醒的人应该是他！

在把病历放回原处前，我最后看了一眼。

埃尔莎，二十九岁（出生日期：11月27日）。

该死，今天是她的生日。

我也不知道自己干吗要这么多事，拿起病历夹上连着的铅笔，用另一端的橡皮擦掉了"二十九"。病历上留下一块脏兮兮的痕迹，但是管他的！

"姑娘，你今天三十岁了。"我自言自语地在病历上写下了新数字，然后把病历放回了原处。

我仍然仔细打量着她，总觉得哪里不对劲，看了一会儿我忽然发现，原来是她身上插着这些管子让她显得没那么好看了。要是把这些东西都拔掉，加上这屋里一直弥漫着的花香，她真的就像一朵茉莉花一样。对于这种靠人工维持的生命，该不该"拔掉管子"，人们还在争论，之前我也从来没想过这个问题。不过这一刻，我想拔掉这些管子，让这朵小花恢复她自然的样子。

"好吧，既然你这么漂亮，过生日的时候应该有人来亲亲你。"

话说出口，我自己也吃了一惊，但此时我已经俯身拨开那些碍事的管子，凑到了她的脸颊旁。在这么近的距离之内，茉莉的香气是那样的明显。当我把嘴唇贴在她温热的脸颊上的一刻，我有了一种过电似的感觉。

这一年来我除了和同事的贴面礼之外，没再亲过别的女人。我刚才的举动也并没有什么肉欲或色情的想法，但是天哪，我刚偷走了一个女人面颊上的吻。我这样想着，不由得笑了起来。

"算你幸运，外面下雨了，我就在这儿陪你一会儿吧，茉莉花。"

　　我拉了一把椅子过来坐下，不到两分钟就睡着了。

三

埃尔莎

我很想能感觉到些什么，但是什么也没有，我什么也感觉不到。

但是如果我没有听错的话，十分钟前有人进了我的房间。是个男人。我估摸他有三十来岁，听他说话的嗓音应该不会抽烟，这就是我能听出的全部信息了。

当他说他亲了我的脸的时候，我也只能相信他这样做了。

我在期待些什么呢？我成了白雪公主？英俊潇洒的王子来到我身边，深深一吻，大功告成，我就醒了？"你好埃尔莎，我是那个谁，是我把你唤醒了，来，我们结婚吧。"我得受了多么大的蒙蔽才会相信这样的事情，这种事情根本就不可能发生。现实一般都很无趣，我更愿意总结为："我是一个走错了房间的家伙（我猜的，不然他怎么会从天而降，来到了这里），擅自待在这间病房里等着暴雨过去（刚刚我已经发现外面开始下雨了）。"而且我听到他的呼吸已经变得安稳而深沉。

我觉得他应该是进入了梦乡。

我很好奇。好奇心可不是什么化学反应，这一点我还是能感知的。因此，我很好奇，想知道是谁坐在了我旁边的椅子上。既然我没法知道答案，也就只好满足于猜想了，不过我很快就放弃了。迄今为止，除了医生、护士和保洁员之外，来过这个房间的都是我认识的人，我经常都能想象出他们穿着什么样的衣服，也就到此为止了。但是这一次，除了这个人的声音之外，也没有其他哪怕一丁点提示，我也就无计可施了。

不过我觉得他的声音很好听。其实是因为新鲜感吧。这是六个星期以来我听到的第一个陌生的声音，就算它再沙哑、再普通，我也会觉得好听。我妹妹的男友们来的时候从来不说话，我唯一能听到他们闹出的动静可能就是在跟我妹妹"交换唾液"或是在走廊上晃来晃去。而这个陌生的声音却有种特别的音色，轻浮中透露着热情。

多亏了这个声音，让我不费吹灰之力地确定了今天的日期。

确实，我在这里躺了五个月了，今天应该是我的生日。我只是很惊讶为什么妹妹没有来祝我生日快乐。或许是她觉得没这个必要，又或许她只是单纯的忘了。我想怨她，却又怨不起来。这可是我的三十岁生日啊，不应该庆祝一下吗？

这时我听到旁边的椅子晃动了两下，然后听到了衣服摩擦的声音，我能听出这是一个人脱毛衣时发出的喘息声。先是毛衣脱到领口时被憋得喘不上气，接着是气喘吁吁地脱下袖子的声音。他把毛衣整个脱下来扔到了一边，之后又重新恢复了均匀规律的呼吸。

我整个人都很紧张，但我喜欢这种紧张给我带来的存在感。我身体的全部机能，也就是我仅有的听力，像个救生圈一样紧紧地围绕着这个新来的陌生人。我听，用力听，使劲听，渐渐地在头脑中勾勒着他的样子。

他的呼吸很平和，一定是又重新睡过去了。窗上的雨点声变轻了，我都能听到他的 T 恤衫和椅子上的塑料发出的摩擦声。他应该不是一个大胖子，不然呼吸不会这么轻。我试着从我认识的人当中找一个比较相像的，但是平时谁会去注意听别人的呼吸声呢。我只听过我那些前男友的呼吸声，那是在我比他们醒得早的时候。说起来好笑，我和那些前任们都没能在一起很久。我记得其中一个男的睡觉时会分三下呼气，我听到了就想笑，但是怕吵醒他，还是忍住了。没过多久，我们也就分手了。

总之，我的恋爱史也是不堪回首。虽然我远不及妹妹的男友那么多，换得那么勤，但我记得也有十个左右。有的非常短暂，有的在一起久一些。现在的我是单身。这样也好，不然也不知道男友面对昏迷的我会作何反应，他会从一开始就撒手不管了，还是会等我？他会什么都不说就离开我继续他的生活，还是会听医生的，来亲口告诉我一切都结束了？就算他来当面说，对他也没有什么损失，他一定会觉得反正我什么也听不见。不过在我昏迷的头十四个星期，事实也确实如此。所以，我现在单身，而且我很庆幸我是单身。每次我母亲来探视时，光是听她哭就已经够难受的了，再多个人，就多一份烦恼，我可不想这样。

往事在脑海中飞驰，我还是让思绪回到了这位大胆的来客身上。他的呼吸变得更加深沉，真的熟睡了。我把注意力集中在他身上，不想让时间就这样溜走。他的出现对我来说是仅有的一件新鲜、有趣的事，也几乎是唯一一件事，还在提醒着我，我在某种意义上还活得好好的。妹妹的探望、护士的照料和母亲的哭泣并不能让我感到快乐，而他的闯入，就像石子打破了平静的水面，像重新洗了一次牌。如果我能动的话，一定会激动得颤抖起来。

我多想时间能静止在这一刻，可是时间是不会停下的。我只能拥有他擅自留在我病房里小憩的这个片刻，等他离开之后，一切又会回到和往常一样了。可我在生日这天却有了一个小小的馈赠，想到这里我不由得想笑——如果我能笑的话。

这时，房间的门把手吱呀一响，外面传来说话声，我的整个灵魂都跟着亮起来了。我听出了史蒂夫、阿莱克斯和丽贝卡的声音。他们听上去都挺精神的，有说有笑地进来了。

突然间，我有一股冲动想让他们闭嘴，别吵醒我的客人，但我一如既往地什么也做不了，只能好奇地等着看我的这位陌生人该如何解释他的存在。

脚步声和说话的声音渐渐清晰，我的三个朋友已经走过来了，他们一下子停住了。

"咦，这里有个人！"丽贝卡惊呼。

"你认识他吗？"阿莱克斯问。

我估计丽贝卡摇了摇头。我听到他们从椅子后面转过来，想象着他们凑近那个人，瞧了又瞧。

"他睡着了，"丽贝卡说，"咱们就别管他了？"

"不行，要睡外面睡去。"史蒂夫有点儿简单粗暴。

"他也并没打扰谁，"丽贝卡好心提醒道，"而且他要是埃尔莎的朋友，还可以和咱们一起庆祝，你说呢？"

"随便你……"

我都能想象史蒂夫那个满腹牢骚的样子。我知道几年前，他对我有点儿感觉。即使生活在山区，真正去登山的女孩子也是寥寥无几。丽贝卡三年前就放弃了，她开始怕了。当初她试着劝我的时候，我或许也应该听她的话，但我没有，我一头陷进去了。那时史蒂夫一下子喜欢上了我，可我当时有男朋友，于是我想方设法让他明白我只是想找一个登山的搭档，其他男队友都过于高大，而我需要找一个身材与我相当的，史蒂夫就刚好非常合适。我们组成了一个最佳组合。到后来我非常明确地拒绝了他的表白后，史蒂夫就退而扮演起哥哥的角色来了。我一直是家里的长女，习惯于照顾别人。当我被别人照顾起来的时候，那感觉还是很美好的。特别是当史蒂夫看到阿莱克斯和丽贝卡在一起之后，对我愈发的好了。眼下他那股子劲儿又上来了，那种哥哥不许别人碰他妹妹的劲头。

"行了，史蒂夫，"阿莱克斯也劝起他来了，"这里是医院，还能出什么事儿？他肯定是埃尔莎的朋友，就这么简单！他只不过是睡着了，咱们没有必要小题大做。问题是，我们要不要叫醒他，还是我们就不管他，开始给埃尔莎庆祝了？"

"我觉得咱们不用纠结了。"丽贝卡提醒道。

果然，我听到我的客人醒过来了。我仿佛看到他睁开双眼，正努力看清四周，一想到他发现有三个人正在盯着他看时那惊讶的神情，我就觉得好笑。

"你谁呀？"

史蒂夫省去了客套的时间。我打赌他的脸再有十厘米就能贴到陌生人的脸上了，他那双褶子眼马上就要放出超人那样的镭射光。我数了五下，我的客人才开口回答，他的声音还是那么悦耳。

"一个朋友。"

"随便你怎么说……"

"是的，我跟你说了，我是她的朋友。"

这下证实了我之前的猜测，他应该就是三十来岁，不然他不会和史蒂夫相互称"你"①。

"我不信！"

"史蒂夫，"阿莱克斯打断了他，"别闹了。"

"我不认识这个人，我也不知道他来这里干什么。虽说医院病区不是随便能进的，但也没什么安检措施，我就想知道他是谁，来这里做什么！"

---

① 法国人初次见面一般相互称"您"，熟人或者年轻人之间才用"你"。——译者注

"你自己都说了,病区没那么容易进来,他能干什么坏事!"

"随便你……"

陌生人坐直身子,重新把毛衣穿上。

"除了'随便你',你还会说别的吗?"

哎呀,这下糟了,陌生人还不知道自己已经惹上了麻烦。我很想提醒他,但是为时已晚。我感觉史蒂夫已经抓住了他的衣领,把他从椅子上拽起来了。

"你以为自己是谁啊?"

"史蒂夫,快住手!"丽贝卡叫了起来。

"妈的!你是哪位啊!"史蒂夫仍不肯停下。

"放开他!"阿莱克斯也看不下去了,"还有你,你道个歉吧,不然这事儿没个完了。"

阿莱克斯简直像个勇敢的骑士,我明白丽贝卡为什么会爱上他了。

"对不起,"陌生人淡淡地道了个歉,"现在你能放开我了吧?"

我听到史蒂夫哼了一声,放开了陌生人。然后我感觉他好像坐在了床上，就坐在我身边，因为我听到了耳边床单的摩擦声。

"抱歉，埃尔莎，"史蒂夫抚摸着我的头发轻声说，"这就当，嗯……为你的生日闹出点儿动静吧？"

我听出他的声音中有那么两秒钟的哽咽。他一直在恨自己当天为什么没有检查我的绳结，为什么没能在雪崩的时候拉住我。但据我所知，也是他找到了埋在雪下的我。医生说这是个奇迹，而我只知道这是我们之间的心灵感应。哥哥，就要时刻守护着妹妹。

但是今天发生的事，我也不得不承认他做得有些过头了。

"好啦！埃尔莎，我们给你带来了蛋糕，还有三十根蜡烛，你肯定不想吹，但是我们不管，你要是醒着就非吹不可，我还给你带了一个小礼物……"

丽贝卡的话让我感觉暖暖的（我想象着这话有多么温暖）。她打开了一个塑料袋，把里面的东西拿出来，阿莱克斯肯定在帮她插蜡烛。趁这工夫，陌生人站起身来。

"你真的是埃尔莎的朋友？"

史蒂夫又来了。我要是能醒过来，一定得好好教训他！

"是的。"

"那她叫什么名字？"

"埃尔莎。而且，你刚才叫她名字也不下三遍了。"

"她姓什么？"

"比利耶。今天是她三十岁生日。"

"这个丽贝卡刚才也说过了。"

"这是在审问我吗？还是怎样？"

"算是吧。"

史蒂夫的保护欲真是有点儿过度了。

"她学什么专业的？"

在安静了两秒钟之后，陌生人回答：

"她没在上学，她已经工作了。"

"哪方面的工作？"

又安静了两秒钟。

"山地方面的。"

我还挺佩服他的。目前为止的所有回答，他都是虚张声势，但他还都回答得挺好，以至于我都开始拿不准他是不是真的认识我了。

"那具体是山地方面的什么工作？"

这下我觉得陌生人完蛋了，他猜不到的，因为我的工作相对比较小众。这次足足安静了十秒钟。阿莱克斯和丽贝卡已经开始点蜡烛了，我还听到他俩在小声说着什么。陌生人在房间里走了几步，然后停了下来，估计他转身朝向了史蒂夫。

"听着，"他开口说道，"你说得没错，我并不认识埃尔莎。我刚才说的那些，都是我根据她床头的病历上写的东西推测的。我只不过是来探病的，走错了房间，看这里挺安静的，就在这儿休息了一会儿。我没有打扰任何人，现在，我也不打扰你们了。"

奇怪的是，史蒂夫并没有发作。倒是丽贝卡接了话：

"你不想留下来和我们一起吹蜡烛吗？"

这下陌生人很显然有点儿措手不及。丽贝卡就是这样，善良得有时显得过于天真。不过好在她的白马王子一直陪在她身边。

"留下来待会儿吧。"阿莱克斯说。

"我并不想打扰你们。"陌生人回答道。

"你自己刚才也说了,你没有打扰任何人。这里就咱们四个人,埃尔莎会很高兴的。"

我感到他犹豫了一下。

"好吧。"

陌生人又重新走过来,把椅子拉开。我感觉他好像在帮阿莱克斯拿袋子里的什么东西,而丽贝卡拿起了我床头的病历夹。

"好像也没什么起色,"她对着大家说,"也没有什么新情况。啊,不对,有人把她的年龄改过来了!没想到医院还会注意到这个。"

"呃……不是,其实……是我改过来的,"陌生人说,"我之前翻着看了一下病历,想看看她叫什么名字,然后我看到了今天是她的生日。如果这样冒犯了你们,我十分抱歉,我可能不该这么做。"

"你开玩笑吗?这简直太有爱了!"

"真的吗?"

"我觉得一个并不认识埃尔莎的人,能花时间把她病历上的年龄改过来,这简直太棒了!来,你把那个盒子拿出来,好吗?"

"啊,不好意思。给,在这儿了。"

"递给史蒂夫吧。我估计他想拆礼物吧,虽然他大概应该知道里面装的是什么了!"

史蒂夫应该是伸手接过了盒子,然后把脸转向了我。丽贝卡把蛋糕放在了床边的小桌上。我想象着蛋糕上水果的香气,摇曳的烛光和朋友们苦涩的笑脸。

"好啦……生日快乐,亲爱的!"丽贝卡说着,吹灭了我的三十根蜡烛。

"生日快乐,埃尔莎。"阿莱克斯说。

"你啊,生日快乐。"史蒂夫又补了一句。

远远地,那位陌生人的低声细语还是传到了我的耳朵里:"生日快乐。"

他的声音那么轻,我分不清是出于难为情、难过,还是有什么其他原因,但他的声音又是那样的感人,我深深地被感动了。

"看,你的礼物。"史蒂夫的声音让我回到了现实,"是一个戒指。你老是说你以后不会结婚,你也不戴戒指,因为它太碍事，所以呢，我们就给你买了一个戒指。这样你要想揍我们，就得快点儿醒过来啦。"

我猜史蒂夫把戒指戴到了我的手上，但我感觉不到是哪只手，哪根手指。

"你不跟她说说这戒指是什么样的吗？"

陌生人突然插了一句，大家都愣了一下。

"呃……我不太懂啊，"他接着说，"如果要跟她说的话，就尽可能多描述一些，不是么？"

大家沉默了一会儿。

"那你来。"史蒂夫嘟囔着说，为自己之前没有想到而显得有些泄气。

"那个……"

"行了，你说得对，赶紧的吧！"

"那好吧。"

陌生人走到近前。

"这好像是一只银戒指。"

"铂金的。"史蒂夫打断他。

"啊，不好意思，我看不出有什么区别。"

"铂金的更坚固。"

"好吧。这是一只铂金戒指。他们选铂金因为它更坚固,这样就算你想一冰镐凿上去,也不会有丝毫的损伤。"

他说得我直想笑,至少是对他的小讽刺报之一笑。

"然后呢,指环上有两条细枝,好像藤蔓一样缠绕在上面,或者说像某种花的软枝。啊!就像一簇茉莉花一样,而且你好像也很喜欢茉莉的香味儿!"

我简直惊呆了,他是怎么猜出来我喜欢茉莉的?

"你是怎么知道的?"史蒂夫帮我问出了口。

"整个房间都是扑鼻的茉莉花香,而且和她的气质也很搭。"

"你是设计香水的吗?还是做什么的?"

"不是,我是做环保的,跟香水没什么关系。我能继续说了吗?"

"说吧!"

我意识到自己已经迫不及待地想听他说下去了。

"戒指很闪,很漂亮,戴在你右手的无名指上。"

听到这里我不免有些失望,甚至责怪史蒂夫刚才为什么要打断他。

"还有呢，蛋糕是梨子味儿的，"陌生人继续说，"丽贝卡撒了个小谎，她刚才放了三十一根蜡烛，就是为了气气你。而且我可以说，你有一群了不起的朋友，你昏迷了二十周，他们还来为你庆祝生日。"

这下，气氛凝重了起来。有那么一会儿，我都开始害怕自己是不是连仅有的听力都丧失了。不过我还是听见了雨点打在窗户上的声音。我听到有人在擤鼻涕，我敢打赌是丽贝卡。阿莱克斯这会儿一定是过去抱了抱她。大家都开始找事做，好像这样就能驱散弥漫在这间屋子里的伤感。蛋糕分到了每个人手里，就只剩下勺子摩擦着纸盘的声音。

"你跟我们说说你自己吧？"过了一会儿，丽贝卡的提问打破了僵局。

"怎么说呢？"陌生人回答。

"你可以从自我介绍开始，不是么？我们都不知道你怎么就跑到这儿来了。反正对一个只用了不到五分钟的时间，就能对一个陌生女孩如此了解的家伙，我是挺好奇的。"

"我叫蒂博，今年三十四岁。我本来应该在我弟弟的病房里，他出了车祸。"

"天哪！希望他伤得不重。"丽贝卡同情地说。

"他伤得挺重，不过很快能恢复好，可我希望他干脆死了算了。他喝醉了酒，开车撞死了两个女孩。我真的再也不想见到他了。"

"啊！"

大家又重新陷入了沉默。我回想着刚刚听到的事情。这个陌生人已在我心里渐渐地画出了轮廓，但还缺少了一些关键元素。我觉得我的朋友们是没法让他描述出来的。蒂博，我要记住这个名字。

"她又是怎么变成这样的？"他突然问道，"我是说，除了那上面写的'登山时遭遇雪崩'。"

史蒂夫站了起来，在房间里踱步，开始讲我已经知道的那部分。直到他讲到雪崩后，他们开始找我的故事，我才开始认真听。我也知道了一个额外的细节：我是被直升机运下雪山的。真遗憾啊，我一直梦想着有天能坐着直升机飞过那座雪山，但真坐上的时候，我竟然连意识都没有。陌生人又问了几个问题，直到他问到了一个我最喜欢的问题，我多想能自己回答他……

"她为什么要干这个啊?我是说……为什么她要去登山呢?这个还是很危险的。"

"这是溶入她血液里的东西。"史蒂夫说道。

"我还是不明白。"蒂博回答。

"你知道什么是幸福吗?"

"你这个问题有陷阱。"

"埃尔莎她就知道,"史蒂夫不管他继续说,"当她走在冰川上时,她可以做她自己,那么幸福,那么闪闪发光,就像空中闪耀的星。登山是她的一部分,不仅是她的爱好,也是她的事业。"

"什么,她是向导吗?"

"不是,她不做向导。她在一家出版徒步地图的研究所工作,是冰川地区的专家。"

"我还真不知道有这样的工作。不过,我以前也用过类似的地图。"

"就是这样,登山就是她的一切。和她一起登上雪山,就好像看到了赤裸的她,看到了她最脆弱的一面,她的感情、她的感觉都活生生地展现在你面前。这是她最好的馈赠。"

"哇哦，你是爱上她了吧。"

蒂博的语气非常认真，听了刚才史蒂夫说的这番话，我也很想知道答案。

"我曾经爱过。而现在，我只是一个没有保护好她的大哥。"

"别这么说，那个什么绳结没有系好，你也没有办法。"

"八字结，"史蒂夫纠正道，"但我当时应该检查一下的。"

丽贝卡为了避免尴尬的沉默，开始收拾蛋糕盘和勺子。感觉我的生日派对就这么结束了，这位客人也准备离开了。

"好吧，谢谢你们的蛋糕，也谢谢你们让我留下。"

"你确定不想再待会儿了？"阿莱克斯问。

"不了，我要去找我妈妈和表哥了。他们也应该在找我了。"

"好吧。很开心认识你。"

"也很高兴认识你们。帮我跟她道个别吧。"

"你可以自己跟她道别。"丽贝卡说。

"呃……"

我的客人似乎有些犹豫，然后我听到他走近的声音。他刚才明明还表现得挺自然的，当他单独和我在一起的时候。

"我们一般都亲她的额头，"丽贝卡补充道，"也就那儿没有连着那么多线。"

"啊，好的。"

我听到他的嘴唇亲在我皮肤上的声音，但是和之前一样，我什么也没感觉到。在他起身之前，他在我的耳旁用尽可能低的声音轻声说：

"再见了，埃尔莎。"

他离开了我的床边，其他人开始忙起了手里的事情。

"再次感谢，我走了。"

"你可以再来看她的。"

这肯定是阿莱克斯发出的邀请。

"啊，你们实在是太好了。谢谢。我不知道我……"

"没关系的，"丽贝卡接过话来，"我肯定，要是能有别人来看看她，她会很高兴的。"

"好的。再见。"

门关上了。陌生人走了。我方才仅有的那一丝喜悦也跟着他一起离开了。

"史蒂夫?"阿莱克斯叫他,"你好一阵没说话,我刚才跟他说可以再来,你不高兴了?"

"没有,没事。"

"那是怎么了?"

"外面刚刚开始下雪了,她喜欢下雪。"

他每个字里都透着悲伤。我开始觉得我还是更喜欢和蒂博独处的片刻,没有那么多的伤感。我听着朋友们开始收拾东西,穿好外套。我听到他们一个个地亲吻我的额头,却没有任何方法回应。

当门轻轻地合上,一切又回到了死一般的寂静。我甚至再听不到雨点打在窗上,再听不到除我自己以外的另一个呼吸声。

我好想他能回来。

四

蒂博

母亲透过车窗凝神望着外面，表哥坐在后座打着电话，我在机械地开着车，好把大家都安全送到家。回去的路我再熟悉不过了，只是我需要集中精神小心路况。

我根本不可能集中精神，思绪已经飞到了别处。

那个房间。五十二号病房。我出来的时候看了一眼房间号。房号下面还有一张照片，是一座有些特别的冰山，覆盖着皑皑白雪。我才明白是它把我误导进了这个房间。刚才我到医院楼下的时候，表哥已经在那里等我了。他试探着想知道我这么长时间去做了些什么，但是没用，我一个字也没有说。几分钟之后，我母亲两眼通红着出来了。她现在平静了下来。不管生活中发生了多大变故，医院都好像一个巨大的磁场，能把你的眼泪抽干。

我急不可待地想把我母亲送回去，这些情绪让我越来越难以忍受。我母亲并没有做错什么，恰恰相反，她有权难过，如果换作是我，我的孩子正躺在医院的病床上，我也会是同样的心情。但是和五十二号病房的情况相比，我弟弟那都不算什么。

那个房间里发生的事比想象中更让我心神不宁。我只是在那儿睡了一会儿，可现在脑袋里却装满了故事。那三个人都挺热情，即便是那个史蒂夫，他表现得很强势，像个大哥。他看起来那么难过，就像我母亲那样。这是他最让我受不了的一点。他还有些吃醋，为什么吃醋，我不知道。如果他确实不是爱上了埃尔莎，那就没有什么好担心的。而且就算他爱着她，也没有什么可担心的。

那个叫丽贝卡的女孩就很好，有些天真，但是让人觉得很舒服。她的男友阿莱克斯绝对是个热情又有亲和力的人，或许下次见面应该再和他们好好聊聊。但是我突然意识到我只能给五十二号病房留下一条留言:"哈喽,我是蒂博,上次在病房里睡着的那个。你们要是想再见面的话,这是我的电话号码……"除此之外,我也没有别的办法能联系上他们了。所以这也是白费力气。

结果唯一一个我能再见到的人,是我无法和她交谈的那个,因为她没法和我说话。

埃尔莎,一朵插满了线的茉莉花。我对医学一窍不通,当时也没问为什么她身上插了那么多线。就像有些人说的,我的工作是"地球的医生",但对于人体而言,我就一无所知了。当我弟弟的主治医师跟我解释他的病情时,我只听了五秒就听不下去了。我母亲虽然也一样什么也没听懂,但她还是耐心地听着。做体育老师的表哥似懂非懂地解释着医生的话,但是说实话,一想到门后站着的警察,我的血液都凝固了,什么都听不进去了。

现在警察已经走了。我弟弟录了口供,四个月后将开庭审判。理论上,现在是他车祸后的恢复期。在这期间,他的公寓没有人住,我和表哥过去把冰箱清空,打扫了房间,以免他不在的这段时间有什么东西坏了臭了。虽然他的地方确实挺乱的，但也不能任其变成猪圈。另外我们还发现他应该还有个女友什么的，内衣扔得到处都是。不过这个女孩心倒是挺大，或者干脆就是一夜情，因为出事之后再也没人给我弟弟打过电话。

我把车停在了母亲家门口的停车场。停在那里的车上面开始有了积雪。雪花落在柏油马路上很快就融化了，草地上却铺起了薄薄一层。我也说不上我到底是不是喜欢雪，既然下雪了，我就应该欣赏雪的样子。对我来说，这不过是地球额外的一种呼吸方式罢了。

表哥和我母亲下了车。表哥就住在我母亲家旁边，我父亲离开之后，他帮我母亲找到了这个公寓。我感到车一下子轻了不少。表哥下车后探头进来说：

"你不上去吗？"

"今晚不了。"

"我觉得你妈妈想让你留下。"

"可我觉得没法和她待在一起。"

"你真够可以的。"

"这样吧，我明天过来。但是……今晚不了。"

表哥盯着我看，好像我说到明天让他很吃惊的样子。

"好吧。路上小心。"

他关上车门。母亲透过车窗望着我，跟我挥了挥手。我做了一个亲吻的手势，然后重新发动了引擎。一出公寓楼的大门，我已经感觉好些了。我不能和他们待在一起太长时间，会陷进那种压抑的情绪里。我就像个海绵一样，在吸收着负面情绪。

我漫不经心地开着车，结果发现我根本走的不是回家的路。我在往市区的方向开。或许去市区会更好些。我今晚不想自己一个人待着，可我也不想有人陪我。听上去好像我脑子错乱了，但幸好我非常清楚怎样能够办到。

"喂，朱？"

电话那头响起了我最要好的朋友的声音。

"是，我知道，开车的时候打电话不好。你今晚有时间吗？……你想出来吗？咱们去酒吧？……什么？你没法早出来？好吧……一会儿见！"

我放下了电话。朱利安从前是个工作狂，现在他是个超级奶爸，有个五个月大的女儿。刚好他老婆是我在大学里的死党之一，所以如果朱利安向她解释他必须出来见我，她会理解的。刚才我在电话里听到，他还要给孩子洗完澡，热完奶，忙活完别的事儿才能出来。今天星期三，也确实轮到他了。他们两个人在一起十分合拍，这一点我十分羡慕。我一直都在期待这样的一段感情，一种平衡感。

和辛迪在一起的时候我就没有这种平衡感，每天都是暴风骤雨。我曾经自欺欺人地说这是另一种平衡，但其实大错特错。当我看到朱利安他们两个在一起努力经营着他们的生活，多想也像他们一样。但像我这样走出了一段关系的人，总会问问自己是不是还有能力再去爱别人。

于是我转而去爱我的工作、我的朋友，哪怕是我那个总是哭个不停的母亲，但我怎么也无法再爱我的弟弟。我的生活就这样维持了一段时间。有时想分清我喜爱的和我厌恶的并不容易，但也没那么难，比如我厌恶那些在免费停车的地方不会好好停车的笨蛋。因为他们车停得烂，我才不得不把车停在收费停车场，就像今天晚上这样。

想着既然要自掏腰包，我就干脆把车停在了离酒吧最近的停车场，只要快步走两百米左右就到了。这样也挺好，下着雪走在外面确实挺冷的。我停好车,确认没有妨碍到别人,把停车票收到钱包里,以免像上次那样,花了两个小时找停车票,结果发现我把它忘在了车的仪表盘上。一切就绪,我飞快地往酒吧那边走去。

一进酒吧我就感觉舒服多了。酒吧里面很暖和,放着好听的音乐,人们有说有笑地聊着天,刚好还有一张小桌子空着。我坐过去,在面前放了两个杯垫,表明我在等人。这种约定俗成的伎俩还是很管用的,这样就不会有人过来问我对面的椅子是不是有人了。

我点了一杯梨汁。服务生有些诧异地看着我。我回答说我得开车,他才满意地走开,就差表扬我了。朱利安一定会点啤酒,我可能会抢过来喝两口,我们经常这样,但我不喜欢在开车前喝酒。我弟弟要是也能这样节制该多好。我的梨汁刚端上来一会儿,一个小妞站在了我面前。

"这张椅子有人吗?"

我指了一下那张空着的杯垫。

"啊,不好意思,我没看见。你在等人吗?"

"对,等个朋友。"

我犹豫了一下要不要说"女朋友"来逗逗她，因为这姑娘的举止有些奇怪，一看就是来搭讪的。然而这家酒吧总体上氛围还是很好的，并不是那种随便勾搭搞一夜情的地方。这也让我想起了之前我母亲说我的话，不过看来我蓬乱的头发也并没有拒所有人于千里之外。但是眼前这位估计只是想让我请她一杯，这样的情况我简直避之不及。

"我陪你等到他来怎么样？"

这话对我来说乏味至极，就好像一本《你是主人公》的书正在我头脑中打开：如您想与神龙对决，请翻到第六十二页；如果您更愿意躲起来，请翻到第三十三页。但是她呢，她刚刚为我做了一个终极选择，第○页。

"你可能是长得挺漂亮的，但是你看不出别人是不是有心情。我承认这可能需要点儿眼力，但很明显，你没那个眼力。我甚至不知道你是不是能明白我说的话是什么意思。所以对不起，你陪我等我朋友来，我觉得完全不怎么样。"

这姑娘简直气坏了，但我确实很想知道她到底听没听懂我刚才说的话。看她的反应，可以想见她确实不太习惯被人这样直白地拒绝，但我实在没心情哄她开心。

估计她去和别人说了我的坏话,又或者是空杯垫起了作用,直到朱利安来之前,再也没有人来打扰我。这会儿差不多已经是晚上八点了,朱利安的头发上沾着雪花。

"哇,这是什么破天气啊!"他抱怨着在我对面坐下。

"只不过是下点儿雪。"我提醒道。

"但是冷死啦。"他边说边摘下帽子。

"谁说不是呢。"

朱利安脱下外套,跟吧台示意要一杯啤酒。我举起了我那杯梨汁,吧台的服务生点头表示明白。

"说吧,怎么回事儿?"朱利安问我,神情也开始严肃起来。

"也没什么特别的,今天星期三。"

"是去看你弟弟,是吧?你有其他时间去看过他么?"

"我其实就是送我妈妈过去。"

"你还是不想见他?"

"不想。"

"好吧,那究竟是出了什么问题呢?"

"为什么你问我这个?"

"蒂博，你满脸都写着呢。而且要不是很严重的事儿，你也不会在晚上六点打给我，你知道每周三晚上都是我来照顾克拉拉的。"

"克拉拉怎么样？希望我没给你和加埃尔添麻烦。"

"别担心，加埃尔替我没问题的，而且克拉拉也挺好的，非常健康，医生说她精力很充沛。对了，你还愿意做她的教父，对吧？"

"当然没问题。你女儿人见人爱，你觉得我怎么可能变卦呢？她要是一直这么发展下去，说不定日后我会娶她呢！"

"去你的，"朱利安笑道，"好吧，这样说来，你这是被姑娘闹的了？"

"不是啦，不过……可能也算是吧。但是不是你想象的那样。"

"那是哪样的？"

我把杯子放在桌上，整个人陷进了椅子里。

"是关于一个姑娘，她的朋友，我弟弟，警察，那姑娘浑身上下插着线，散发着茉莉的香气，还有我们去医院的这一路……"

"哎哎，等等等等，我一点儿也没跟上。"

服务生送来了啤酒和我要的梨汁。我们说了谢谢。我把梨汁倒进杯里，却不小心洒在了桌上，连忙胡乱擦了一通。

"能不能麻烦你稍微说清楚点儿？"朱利安问道。

"这就说，等一下。"

我的手弄得黏糊糊的，于是从包里摸出了一块手绢擦手。自打我开始接送我母亲去医院，就一直把手绢带在身上。

"其实就是刚刚发生在我身边的一件事。"

然后我给朱利安讲了我这个下午的奇遇。他一直沉默着，耐心地听我讲。我讲完之后，他一言不发地看着我。

"你什么也不说吗？"

"你想让我说什么？"他答道，"这也太奇怪了。"

"奇怪？你怎么想到用这个词？"

"那好，神奇，听上去好点儿么？我想不通的是，你为什么总为这种事困扰。你只不过是走错了房间，就这么简单！"

朱利安等着我给他一个解答，他即将听到已经在我头脑里盘旋了三个小时的那个答案。

"你是想知道为什么我想拿我弟弟和这个姑娘换吗？"

朱利安开始有些不安了，我能从他的眼里看出来。

"你是说你想这个姑娘醒过来，而你弟弟不省人事？"

"没错。"

"你非常清楚你为什么会这么想。"

"不，我不清楚。"

"行了，蒂博，你从来就没能接受你弟弟撞死了两个女孩这个现实。而且说实话，谁也不怪你。要是换作我，可能也是同样的情形。那个姑娘，埃尔莎，她看上去是个好姑娘，你希望她醒过来，这个地球上稍微有点儿爱心的人都会这么希望的，所以你这么想再正常不过。"

"有爱心……我这辈子都不想再看我弟弟一眼，你觉得这叫有爱心吗？"

"人心都是肉长的，蒂博，只是看我们怎么去对待。辛迪的离开让你心碎，你弟弟的事更是让你破碎得体无完肤。你觉得自己要是能做点儿什么，让这个姑娘醒过来，可能会让你的心不再那么破碎。你要开始原谅自己对你弟弟有这样的想法。"

每次都是这样，我被朱利安的回答击中了，也正是因为这样他才是我最好的朋友。这一年来第一次我感到眼泪不由自主地涌了上来，但是不行，我不能哭，不能在这儿哭，不能在一个星期三晚上挤满了人的酒吧里哭出来。

"来，咱们走吧。"朱利安对我说。

"什么？"

"你马上快要崩溃了。"

朱利安把杯中的酒喝干，催着我把自己的喝完，两分钟之后，我们已经站在了外面一片雪白的人行道上了。我之前的感觉是对的，今晚真的特别冷。朱利安拽着我的胳膊把我从酒吧门口拉开。我也不知道自己在想什么，只觉得眼前一片迷茫，好像蒙了一层纱，我知道那不是因为下雪。

"走吧。"他说。

我确实是崩溃了。两个男的手挽着手走在大街上，这样的场景并不多见，通常人们会觉得这两个人是同性恋。这会儿要是有人从我们身边走过，他爱怎么想就怎么想。我只是不想这样泪眼蒙眬，喉咙哽咽，我想向整个世界吼出我的绝望。

我在朱利安的肩头痛快地哭了出来，他紧紧地抱住了我。我已经有几个月没有感受到别人身上的温暖了，来自好朋友的温暖愈发令人感到治愈。这样的温暖持续了几分钟就被寒冷占了上风。朱利安递给我一块手绢，他也随身带着，只不过这是因为他刚出生的女儿。

"你跟我回家吧。"他说。

"你说什么？"

"你今晚来我家睡，我不能让你这种状态自己回家。"

"我没喝，我也不会撞到人的。"

"我知道你没喝！这一个月以来，你比以往任何时候都清醒，但是你现在这个魂不守舍的样子，我不能让你独自一人待着，你的车停哪儿了？"

"就停在旁边那个收费停车场。"

"好，把钥匙给我，我来开车。"

我一言不发地听从他的指挥，跟着他来到停车场。交完停车费，我坐到了副驾驶的位子上。在自己的车里做一个乘客，总是有一种奇怪的感觉。

朱利安车开得很稳。我闭上眼让自己跟着车子一起轻轻摇晃。他住得并不远,刚刚是走路去的酒吧,很快我们就到了。一进家门,他妻子就满面笑容地迎了出来。

"蒂博!"她轻声叫道,估计是孩子已经睡了。

"晚上好,加埃尔,"我笑着答道,"抱歉这么不请自来。"

"抱什么歉啊,"加埃尔亲了亲我的脸颊,"朱利安刚才给我打电话了,我都已经把你的床准备好了,在克拉拉的房间。你就注意打呼噜别太响就行啦,还有,实在不好意思,你早上四点就会被吵醒,她要喝奶。"

"没关系,她是我的小公主,我不会介意的。但是……朱利安通知你了?"我转向朱利安问他,"你什么时候通知的?"

"你在我怀里哭的时候,我发了条短信。"

"混蛋,你当时注意力根本都没在我身上!"

"你当时就要把我的外套哭毁了,我得赶紧想个办法呀。"

"你俩要是闹完了,"加埃尔见缝插针地说,"厨房里还有些吃的。蒂博,我给你拿了一条浴巾,要是你想洗个澡的话。"

"谢谢，加埃尔，你真是太好了。"

"要是我们遇到了什么麻烦，你也会一样照顾我们的。"她回答。

"还是要谢谢你。"

我脱下外套和鞋子，他们两个人简单地亲吻了一下对方，说了点儿关于孩子的事儿。加埃尔说我可以去看看克拉拉，顺便把我的东西放下，这会儿她还没睡。

当我进到克拉拉的房间，仿佛来到了另一个空间。以前这里是朱利安的书房，后来他把所有东西都搬到了客厅，把沙发床搬到了这里，那张没法折叠的长凳被挪到了客厅，不然沙发床就没地儿打开了。公寓并不宽敞，但他们还是给宝贝女儿留出了空间。

我走近带护栏的小床，克拉拉像看外星人一样看着我走过来。她慢慢地张开小手，抬起她那天使般的脸庞。加埃尔和朱利安真是生了个漂亮的宝贝。

我的视线离开了小公主，开始看向四周。沙发床已经打开，被子和枕头看上去特别舒服。对我来说，克拉拉比刚才酒吧里那个找我搭讪的小妞要舒服多了。我轻手轻脚地走出房间关上门。加埃尔正坐在客厅里看电视，朱利安在厨房等着我。

我之前还犹豫要不要坐下来吃点儿东西，但是哭过之后，我意识到我已经饿得不行了。我们一边吃一边随意聊天，聊了很多关于克拉拉的事，这很正常，有了孩子之后，她就成了你的头等大事。我和朱利安吃完后收拾好碗碟，加埃尔过来跟我们说她准备睡了，她早上四点就得起来，宝宝会哭着要奶喝。我说我可以帮忙喂奶，这样她就能睡个好觉了。

"你可以吗？"

"乐意效劳，而且我得做个模范教父，不是吗？"

"那太好了，多谢！这样我俩就能睡个完整觉了。"

"喂奶的东西都在哪儿呢？"我环顾了一下厨房问道。

"都在那儿呢，"加埃尔指着厨房台面的一角，"你只用这个热奶器把奶瓶加热一下就好了。"

加埃尔道了晚安进了房间。我跟朱利安说我要去洗个热水澡。

热乎乎的水淋下来简直舒服极了，我站在下面冲了好一阵，尽管我知道这样做对地球不好。但今天确实不同寻常，而且我又很难过,管不了地球什么的了。

洗完澡出来,朱利安说他也要去睡了。我又在电视前坐了一会儿,然后才把它关上。我随身也没带着书,不过就算有的话,我也不是很确定是不是真的能有心情读下去。

我毫无声息地进到克拉拉的房间,钻进被窝里。凉被窝让我不禁打了个寒战。要是有人帮我把被窝焐热乎了该有多美好啊,但是我身边没有这个人,而且再说了,我也不知道我是不是做好了心理准备要找到这样一个人。

透过两扇虚掩着的门,我能听见朱利安和加埃尔在低声细语,之后是一阵床笫厮磨的响动,我猜他俩这回不只是能睡个完整觉那么简单了。我不介意听到他俩在隔壁一番云雨,我知道他俩一定很享受这样的时刻。

我后来慢慢睡着了,但是两点钟左右,我一下子醒过来了。我在床上翻来覆去,小心着不要弄出太大响动。今天在医院的场景在我脑袋里像滚筒洗衣机里的衣服一样翻滚。渐渐地,时间一分一秒地过去,直到我听到克拉拉的响动。我起身去厨房热奶,然后拿着哺乳垫回到房间。我也不知道是谁想到了发明这么个垫子,有了它在宝宝喝奶的时候就不会累得胳膊酸疼了。我第一次给克拉拉喂奶的时候没用这玩意儿，费了好大劲。朱利安现在已经可以不用它了，但对我来说还是必不可少的。

  我在克拉拉开始哭闹前轻轻把她抱到怀里，把垫子放好，然后坐回床上，靠着墙找了一个舒服的姿势。她的小嘴儿一下子嘬住奶嘴，吮吸声慢慢将我包围。她喝完了之后，我把奶瓶放下，我们就这样相拥着又睡了过去。

五

埃尔莎

我很想知道这种五感只剩听觉的状况要持续到什么时候，我也很想知道有天我会不会突然醒过来。我知道医生说过，我甚至都无法自主呼吸。他们会定期给我做测试，我只能坚持几个小时，之后就被认定呼吸过于微弱。人体的机能确实很特殊，却也很神奇。我一丁点儿感觉都没有，却能持续呼吸，哪怕只是几分钟，这是怎么做到的？

要是我能醒过来，我一定要问这个问题，那个每天只在早晚来巡视一下的医生可有活儿干了，我是很认真的。

今天是星期六，距离我妹妹来看我已经过了三天，距离

Je suis là

她再来看我还有四天。今天我父母可能会来,毕竟昨天,星期三,是我的生日。

昨天实在太开心了,我有段时间没有听到朋友们的声音了。我能想象他们吃蛋糕、吹蜡烛、拆礼物的样子。而且我还新认识了一个朋友。

蒂博。我记住了这个名字。我当时很怕我会忘掉,那种感觉很奇怪。好在虽然我的身体成了植物人,但记忆完全没有受到影响,但是我当时还是很怕。而且,这六个星期以来,我第一次没有再做我遇险的那个梦。事实上,我根本就没有做梦,只是在一片漆黑中沉沉地睡了一觉,感觉足够放松。

今天早上,和每天早上一样,护工来帮我上厕所。她几乎把我全身都擦了个遍,还帮我整理了头发。希望她没有把我搞得一团糟,头发还算好梳理,但是清理一个毫无反应的身体就不见得了。我听见她在刷什么,好吧,我也不知道,有时候要想知道这些人在我身边干什么也并不那么容易,总得有个参照物。就好像我脑海里完全没有母亲给我梳头的记忆,所以我也说不清护工到底对我做了什么。但是我能确定她忘了给我涂唇膏,因为我没听到唇膏擦在嘴唇上那种黏糊糊的声音。好吧，二十四小时没有唇膏的日子，也没什么可大惊小怪的，就好像我现在也没有人可以对话一样。但是我就是对我的嘴唇很在意。

　　以前工作的时候，我一个月至少会用掉一管唇膏。就像有些人在街上必须掏出手机，好像那是落水时的救生圈。我在登山的时，每个小时都要涂一次唇膏，不然嘴边就会像开裂的纸箱一样，实在不太美观。

　　你们可能会说，谁会去在意这个呢？我在意。并不是因为我想让我亲吻的那个男人感觉舒服一些，而是因为我喜欢亲自己的嘴唇。两片嘴唇相互接触的感觉实在太美好了，我很喜欢这种感觉，简直停不下来。但是我从来不会抹口红，即使是在某些重要场合。口红会麻痹那种感觉。

　　结果今天护工忘了给我涂唇膏。我觉得好像是外面有人在叫她，于是她草草弄完，慌慌张张地走了。之后我就只能听到医院里一个平常下午的忙乱与嘈杂声。星期六通常都会有很多人来医院探望，除了我的家人。

　　啊，也不是。不好意思，我说错了。我听到房门的响动，听出了我母亲的脚步声，还有更沉重的，我父亲的脚步声。

他们两个在小声说着什么，我不喜欢他们这样，好像他们进的是一间停尸房。我好想大喊："我一直都在这里，还活着，就在你们眼前。"但是他们仍旧那样小声说着什么，好像生怕我听见似的。

"……该想这个问题了，已经快五个月了，亨利。"

"你怎么敢这么说？"

父亲声音小得几乎听不出他在生气。

"我是站在她的角度考虑，"母亲答道，"这一切我该怎么想？我是不是要继续坚持下去？"

"你怎么站在她的角度考虑？"

"我在尝试！你能不能别老跟我对着干！"

"我在想说服自己的理由！我们现在讨论的是撤掉自己女儿的呼吸机，不是在讨论下一张地毯该选什么颜色！"

我要是还有感觉的话，一定会感到我的血液都凝固了。父亲或多或少地站在了我这边，但是我的父母已经在考虑撤掉我的呼吸机了。

"可能她已经能自己呼吸了呢？"母亲弱弱地说。

"那就跟每回测试一样，两个小时之后，她就会开始窒息。"

"也许她不想再这么挣扎了呢？"

"你能不能别再替她想了，"父亲回绝道，"你根本一点儿也不知道。"

"亨利！"

"怎么了？"

"你能不能认真地想一想这个问题？"

这时屋里沉默了好一阵。我不知道是不是父亲已经用某个动作做了回答，还是他仍然在深思。

"好吧，我会想的。但不是今天。"

我故意让自己不要再听他们接下来的对话。我让自己想些别的，任思绪开始游荡，甚至自己和自己的思想对话，听到他们的声音只会让我更加烦乱。当他们起身要走时，我才意识到他们还在这里。我刚才或许不该那样胡思乱想，他们毕竟是来看我的，是来和我说话的，他们或许也希望我能听到，至少我妹妹是这样的。而我呢，我只给了他们五分钟的时间，一开始的四分钟和最后的一分钟。但是我也管不了那么多，他们又怎么可能知道。

我的父母离开了病房，连亲都没亲我一下，也可能是他们亲得很敷衍，我根本都没有听到。

我以为我又是孤零零的一个人了，这时，门又响了。肯定是母亲又把她的衣服，还是围巾什么的落下了。但这不是她的脚步声，她的脚步又轻又迟疑。也不是父亲的。也不可能是我妹妹的，因为她一进门就会说她来了。有可能是护工来完成她早上忘记的工作。谁知道呢，可能她后来想起来忘了给我涂唇膏。

"你好，埃尔莎。"

这轻声的问候像一阵清风吹进了我的耳中，那个名字电闪雷鸣般地闯入了我的脑海。蒂博！他又来了。我不知道他为什么来，我想让自己相信是他自己想来的。重要的是，现在他就在眼前，即使他只是来睡觉的，也让我感觉焕然一新。

"这个房间里还是有那么浓的茉莉香呀，是谁给你喷的香水？"

是护工，我很想回答他，我母亲给了她一小瓶精油，可能是她洒得多了些。

"没关系，还挺好闻的。"他接着说。

我听到他脱下了大衣，甚至开始解开鞋带。他想尽量舒服一些，就意味着他准备留下来待一会儿。我简直高兴得要跳起来了！

鞋子被放到了一边，大衣放到了后面的柜子上。他还脱下了一件毛衣。我的病房是有多热，我很快就得到了答案。

"这里实在太热了！我脱得就剩一件T恤了，你不生气吧？别担心，我就脱到这里，还是要注意点儿风度的。"

我饶有兴致地听着他自说自话，尽管我还不太能理解他的行为举止和他的出现。他为什么又来了？

"你一定在想这个人怎么在这儿，是吧？我之前陪我母亲来看我弟弟，他在五十五号病房，不知道你还是否记得。可我转念一想，你为什么要记着这些没用的信息。你大概也听不到我说话吧，我敢打赌我要是摸一下你的胳膊，你也什么都感觉不到。天哪，我这是怎么了，我正在自言自语……"

我明白他有些不安，但我还是想给他一耳光，让他能清醒点儿，继续说下去。没有人跟他说过，要多跟昏迷的病人说话吗？

"我对植物人一点儿也不了解。"他突然道，"我认识的人当中没有人发生过这样的事情，所以感觉有点儿狼狈。

我好像听说过可以跟病人多说话，那我就接着说了，但我不奢望你能听到我说的。可能这样也挺好，我就当是一次免费的心理咨询，而且还能肯定，我说的话不会被传出去。在开始之前，等我先把窗户打开，就连我这么怕冷的人都热得不行了。我就不问你的意见了，反正你也没法告诉我。"

这对我来说简直是种惊喜。第一次有人这样跟我说话，而不是带着那种施舍般的怜悯。通常那些来看我的人都会尽量避免谈到我的现状，他们表现得礼貌而友善，或是过分地殷勤。既然我基本上已经被贬为一棵植物了，他也没有必要为了留在这里而对我卑躬屈膝。蒂博是第一个这样想的人。

我听见窗户打开，风钻了进来。我想象着自己随之打了一个寒战。

"喔……好冷！我也不能站在窗口！"蒂博叫道，"就这儿吧，这儿挺好。"他说着拉了一把椅子坐在了床的左边。

这时响起了一阵铃声，声音有点儿小，好像是被什么东西盖住了。

"妈的，我忘了关手机。对不起，我接下电话，虽然你也完全不关心这个……"

我觉得十分好笑，可突然间，我又十分想哭。或者说，我多希望我的身体能允许我哭出来。不是因为难过，而是因为开心。蒂博也是这六个星期以来第一个让我想笑的人，保洁员广播里的那个主持人的烂笑话，也没他这么成功。

他一接起电话，就变身成为生态学顾问。

"等等，你说什么呢？不是，那个文件还没生效呢！水利服务还没通过……对，我就知道一旦有个风电项目，他们准给水利服务找麻烦，毕竟法律嘛……什么？上级施加压力？……啊，你看，他们就会找麻烦。怎么办？……唉，这样吧，今天星期六，你放轻松，到星期一地球就该爆炸了，搞不好哪个不靠谱的外交官又要跳出来说要引爆个核弹什么的，接下来两个月就有好戏看了，那时候谁也顾不上管这个风电项目了。行了，别想了，周一早上咱们一起看看什么情况吧。如果你需要的话，我可以早点儿去。这样你放心了？……好吧，那就七点到。但是让我起这么早可是要付钱的……呃，喝什么呢……来个梨汁吧！……好啊，没问题！"

蒂博笑了起来，我感觉这是我听到过的最好听的声音。于是我迅速地在脑海中勾勒出这笑声的样子。我把它联想成熊熊燃烧的火苗，联想成随着声音高低上下翻飞的金色翅膀。他每笑一声，这火苗、这翅膀就把包围我的黑暗驱散一些。有那么一瞬间，我紧紧抓住了那双翅膀。可当他的笑声停止，我就像火苗一样被熄灭了。蒂博又开始说话了。

"那就星期一吧，早上七点见！"

他挂了电话，又在手机上按了几下。

"好啦，关机了。这下就不会有人打扰咱们了。至少，不会有人打扰我了。"

我听到他把手机放回大衣兜里，然后又重新坐到那张塑料椅子上。

"这椅子一点儿也不舒服。他们就不能放张带软垫的椅子么。你是无所谓啦，但对于来看你的人来说可能会舒服点儿，没准儿他们还能多待会儿。"

蒂博说的话虽然有点儿傻，但也不是没有道理，但我想不会有人愿意花那个时间去跟医院反映的。

"我敢肯定你要是坐上来的话，也会这么觉得。你要是愿意的话，或者应该说等你身体好一些了，可以坐上去试试。我都不知道上次是怎么坐在这儿睡着的！"

他靠着椅背往下滑,把两只脚搭在我床上。过了一会儿,他的呼吸就变沉了。他怎么能这么快就睡着了?他晚上也睡得这么好吗?或许恰恰相反,他才能在大下午睡得这么香。

我就这样听着他的呼吸,就像第一次那样,听了好久好久。

我还能听见风声,窗外不远处一定有棵树。妹妹给我描绘过秋天叶子的颜色。她当时说的那些叶子现在可能正在翩翩落下。我很想能听到楼下人们走过石子路发出的响声和说话声,可惜我的病房在五层;我也很想听到汽车驶过的声音和喇叭声,但所有人都知道在医院周围不能鸣笛。

我好冷。

不,我在说什么胡话?我怎么会冷,我只是在想象自己很冷罢了。

可能后来我也睡着了。我也不清楚,因为我一直在听着同样的声音,风和蒂博流畅的呼吸。我想他赶快睡醒过来,还像刚才那样无拘无束地跟我聊天。过了一会儿,我的愿望居然灵验了,我听到他在动。

"哎哟……难受死了。"

他应该是在揉眼睛,把脚从床上拿下来。

"下次我自己带个垫子来!"

他下次还会来!我要是能欢呼雀跃该多好。

"下次我不开窗了。你可能感觉不到,这会儿屋里冷死了!我披个衣服把窗户关上。"

窗户合上了。外面树叶风舞的声音也戛然而止了。

"我妈应该在担心我去哪儿了。而且我跟她说我会打电话给她。我真够笨的!"

他找到手机,开机,来了一条短信。

"对吧,还真说中了。她在等我呢。还好是两分钟前才发的。好了,我得走了。"

他系上鞋带,穿好大衣,戴上手套。戴手套的声音我再熟悉不过了,我自己不知戴过多少次,一下子就能听出来。蒂博走近我,我知道接下来要发生什么,感到一阵喜悦。

"这次我要亲对地方,这也是一种表达方式。"

趁着没有其他人在,他拨开那些呼吸机的连接线。他亲得比上次稍微长了那么一会儿,而且我感到他亲在了我的脸颊正中。也只有他敢碰那些线。

"你的脸冰凉冰凉的，我刚才确实不应该开窗。等等……你的嘴唇怎么啦？"他直起身子大声说道，"干得像报纸一样！啊，天哪！给这些护士发薪水，不就是让她们干这个的吗？"

我听到他走开，和橱柜门响动的声音。

"他们这儿真是什么都没有啊！连我弟弟的嘴唇都弄得跟那些打了肉毒素的美国女明星似的，他们把你给忘了？这样可不行。你这么漂亮的嘴唇，谁都会想亲一下的！"

话音刚落，他一下子没了声音，就好像一段音频突然被剪掉了一样，但我还是能听到走廊里隐约有吵闹声。我在想蒂博为什么突然不说话了。可能是他找到唇膏了？

"我去把我的拿来。"

不是，他没找到。而且，不知道怎么，他的声音也变了，变得没有刚才那么有活力，更加低沉，甚至有些局促了。

"好了，抹好了。现在这样就好多啦。我从来没给别人涂过唇膏，也没给我前任涂过口红，能涂成这样算不错啦。就算你觉得不好也没办法啦。"

咔嗒一声，唇膏盖子合上了。

"我走了,下回见?唉……反正你也没法回答我。我就想象你跟我说你想再见到我,这样不是也挺好的么。这样我就不用想办法和我最好的朋友解释我为什么来看你了。"

他停了下来。我听到一声叹息,就当是再见了。我想象他可能微微一笑,最好是带着真诚,而不是悲伤。他的脚步渐渐远了,门把手吱呀地响了一声,门关上了。

下星期快点来吧。

六

蒂博

"你去哪儿了?"

"闲逛来着。"

"啊。"

母亲低着头看着自己的鞋,她一定对这一切再熟悉不过了,这一个月以来她一直在经历这样的桥段。

"你去做什么了?"她接着问。

"我睡了一觉。"

"是吗?"

"是的。"

我没编瞎话，而且我知道她的询问还要持续一会儿。我得斟酌自己说的每一句话，以免把实情全都说出来。

"你找到能睡觉的地方啦？"她表现出很惊讶的神情。

"有个地儿，挺安静。"

这部分我也没有撒谎。我甚至多透露了一些，希望她能到此为止，结果还真奏效了。我母亲总爱问这问那，但是她很容易糊弄。我不知道她是不是被弟弟的事搞得逆来顺受了，但其实除了她每个动作、每个眼神中透露出的悲伤之外，我甚至不知道她到底是什么感受。我觉得自己很卑劣，我母亲在我身边，表现得那么悲痛，而我除了每周去她那儿睡三个晚上之外，什么也没帮她做。虽然她也没为我做什么，但是这种情况下还让她照顾我也确实够自私的。于是我决定说点儿什么。

"你还好吗？"

她为这个问题吃了一惊，甚至停下了脚步，再有四米我们就走到车那里了。

"你为什么问我这个？"

"差不多是时候问了，不是吗？你怎么样？"

"不好。"

"这个不用说也知道。妈,我问的是具体的。"

她盯着我看,就好像想要识破一条诈骗广告一样,又或者就好像我是个八岁的孩子,她要看看我天使般纯洁的面庞下面藏着什么。

"你弟弟是个业余的杀手,但他仍然是我的儿子。"

我好像从头到脚被泼了一盆冷水。她的语气是那样的平和。一直以来,我都以为她不堪一击,不知道怎么处理自己的情绪。我简直大错特错。我母亲是我见过的最坚强的人,只不过太容易流眼泪了。

"你怎么同时接受这两者呢?"我问她。

"我对他的爱,和我对你的爱是一样的。"

"这就足以原谅他了?"

"无论如何也轮不到我来原谅他……"

她后面要说的话我听过了太多遍,早已烂熟于心了。

"因为不是由你来评判的。"我接着把她的话说完。

她摇了摇头。

"无论你我,我们都没有评判过什么。是你弟弟自己已经给自己下了定论。你们小的时候我就告诉过你们，不要对自己妄加评判。如今呢，他现在有大把的时间可以自我反省了，不得不承认这可能也是件好事。如果他需要我的话，我会一直都在他身边。我只是后悔，当初应该教育得再严厉一些，他一个月前就不会喝完酒就开车了。"

"你教育我就还挺管用。"

"他就不行。"她叹了一口气。

"你别责怪自己！"

"我没责怪自己，我很惋惜，两个年轻女孩的生命就这么没了。你弟弟现在也是个大人了，他应该对得起自己的良心。"

她说完继续往前走，走到副驾驶车门的位置。我也走过去，车锁开了，越过车顶篷能看到她的脸。

"那你为什么哭得那么厉害？"我看也不看她。

"因为我的儿子现在还躺在医院里。"

"那是他的错！"我反驳道。

"确实，但他不好过，我这个做母亲的就应该陪着他。"

"所以你就这样一直来看他，直到开庭，等他进了监狱也一直去看他？"

我感到一股怒气正涌上心头，语气也变得刻薄起来。

"对。"她几乎是小声嘀咕着。

她打开车门坐进车里。我仍站在车外，手搭在车门把手上。我深吸了一口气，平复了一下心情，然后打开车门坐了进去。

"等你以后有了孩子就明白了。"我一坐进车里她就这样对我说道。

"可是现在我还没有。"

"可是现在……"她机械地跟着我重复了一下。

对话到此结束了。我已经快要抓狂了。但是我第一次感到了一些正能量，母亲没有哭。我觉得是刚才那番对话对她起了作用，她却无法想象这段对话对我产生了多么大的震动。

十五分钟后，我把她送到了家门前，跟她解释说我回自己那里住几天，她没有表现出任何情感地答应了。我感觉我送回家的好像只是一具躯壳。相形之下，她倒还不如哭哭啼啼的好。

我回到家时已经要冻僵了。车里的空调实在太娇气，今天又罢工了。我去冲了一个滚烫的热水澡，才让身体恢复到舒适的温度，然后浑身通红地从浴室里出来。镜子里，我的头发依然没有任何发型可言，想要把它们弄服帖也是白费力气。我拿起剃须刀开始清理这三天来长出的小胡茬。星期六刮胡子，这不是我的习惯，我通常都是每周一早上上班前才刮的。只是这会儿，我刚好有心情。

其实只不过是在我心烦意乱的时候，刮胡子让我有事可做。一刮完胡子，我就开始收拾房间了。

我一直在想我母亲对我说的话。等你有了孩子就明白了。如今在我眼前所有的不确定之中，只有一件事是肯定的，那就是我想要孩子。克拉拉的出生最终让我下定了决心，甚至让那些对我找到另一半已经不抱什么希望的朋友们都重燃起了信心，只是他们要明白，我现在还不想找……

我睡在朱利安家的那天夜里，我抱着克拉拉睡着了。第二天早上八点左右，是加埃尔把我们两个弄醒了。她在叫醒我们之前，还给我们拍了张照片。那张照片就在我的手机里，被我珍藏起来，这样以后我就能给我的小教女看看，她只有几个月大的时候，她的教父是怎么抱着她的。

我正在用吸尘器吸地板,并没听见外面一阵急促的门铃声。我刚把那个声音大得像飞机引擎一样的鼓风机关掉,就意识到有人正在铆足了劲按门铃。我随手套上一件T恤,冲到门口,还被吸尘器的线绊了一下。

"你好……辛迪?"

我的前女友和我打了个照面,她那金色的齐耳短发仍旧打理得无可挑剔,那腰身比我记忆中更加令人眼前一亮。我就这么目瞪口呆地半张着嘴,手一动不动地握着门把手。

"你好,蒂博,"她回答道,"我能进来吗?"

我像个白痴一样待在那里,听到她说这话才反应过来,指了一下我身后的客厅。辛迪从我身前走过,亲了一下我的脸。我把门关上,还是哑巴一样一句话也说不出。当我转过身,她正在脱外套和高跟鞋。我一眼就认出了她穿的丝袜和短裙,长袖衬衫是新买的,不得不承认和她的气质很相配。

她发现我在看她,便微微一笑。我回过神来,连忙跑去穿裤子。

"你在干吗?"她问。

"穿衣服。"我从房间里回答她。

"你穿着衣服呢。"她提醒道。

"没法见人。"

"哎,只有我一个人而已。咱们两个光着都看过了,随便穿条短裤就行了……"

我承认她说得有道理,但还是想把裤子穿上。我翻出一条搭在椅子上的牛仔裤,就飞快地套上了。回到客厅,辛迪已经坐在沙发上开始揉脚了。

"高跟鞋简直是酷刑啊!"她抱怨道。

"不明白你们为什么要穿它。"

"穿上了显得身形好啊,你不觉得吗?"

"我……"

"你原来不是挺喜欢的吗,那会儿……"

她话没有说完,也没有必要说完,我们两个都知道后面要说什么。为了避免接下来的不愉快,我受到的良好教育驱使我走向了厨房。

"你想喝点儿什么吗?"

"你要是有红酒的话我想来点儿。"

"我看看哪个柜橱里面有,我也不敢保证。"

"啊，对哦，果汁先生。"她笑着说。

我把所有柜橱翻了个遍，终于找到了一瓶。好死不死，这瓶酒是我们刚分手那会儿，我弟弟为了安慰我，临时搞了一个小派对的时候拿来的。几分钟后，我拿着两只玻璃杯回到了客厅，一杯是酒，一杯是梨汁。

"你喝的是什么？"她问我。

"老样子。"

"哦。"

我在想她是不是还记得我喜欢些什么。我们在一起生活了很长一段时间，但我总觉得她对我的了解也就停留在"大致上"。以前我觉得无所谓，后来仔细想想，就感觉她的感情里少了一份真诚。我对她的一丝一毫都铭记于心，但她对我的细节只有在必要的时候才会去了解。

"呃，那个……你怎么来了？"我一边把酒杯递给她一边问道。

"哦，你还真是心急啊！"她喝了一口酒。

"我感到惊讶还是挺正常的，这点你应该同意吧？"

"你说得对，但我只是来看看你的近况。"

那本《你是主人公》的书正在我头脑中缓缓打开。如果辛迪只是来看看近况,请翻到第十五页,可上面标着:"警报!"

"啊,"我干巴巴地回答,"跟你看到的一样,什么也没变。"

或者说几乎什么也没变,我自己在心里补充了句,我不想和她讲我最近几天的遭遇。

"朱利安好吗?"她又问,"加埃尔已经生了吧?"

"生了个小女孩,克拉拉,她棒极了。"

"加埃尔还是克拉拉?"

"她们两个都是。"

她又喝了一口酒,然后把酒杯放下。我的手机就在桌上,就在旁边。

"啊,要是你想看看她的话……"我伸手把手机拿过来。

我本想把手机递给她,但是辛迪起身坐在了我身边。我把照片翻到我和克拉拉睡着的那张。她看了很久没有说话,然后看着我说:

"她真漂亮。这是多久前?"

"就几天前。"

"啊,你去他们家住了?"

我摇了摇头。我感觉她脑袋里也有一本《你是主人公》的书,而我的那本卡在了第八十页,上面写着"保持距离"。

"那你呢?"为了避免尴尬的沉默,我突然问道,"有什么新鲜事?"

"哦,我换了部门,不过我挺满意的。"

"你现在在哪个分公司?"

"西南。"

"那离得可够远的!"

"对,我时不时地还要跑来回。比如这个周末,我回来看看家人和朋友。"

"我算朋友咯?"

我稍稍跳开了一下第八十页,瞬间转向了"给她点儿难堪"。但是她似乎并没有被这个问题难住。

"那当然!"她说。

"啊……"

"怎么,我不算你的朋友吗?"

这可是个难度系数极高的问题。第七十七页:"请坦诚。"

"鉴于咱们的过往和最后结束的方式,很难说你还是不是我的朋友。"

"你还在怪我?"

老实说,我也不知道,但我不想让自己陷入无休止的解释当中。

"没有,没事了。"

"那为什么你不能把我当作你的朋友?"

她用那双大眼睛把我死死盯住,她特地化了浓浓的眼妆,我能闻到她身上的香水味。如果我记得没错的话,她没换香水,我能认出那个我闻了好几年的香味儿。我稍稍往后退了一些,好保持距离。她什么时候坐得这么近了?

"嗯?蒂博?说啊,为什么?"

她的声音变成了喃喃细语,我能感到她呼出的气息,和掩藏在香水之下的,她的肌肤的气味。此时回忆在我脑袋里躁动,我想把它们赶跑,可此时……

"我……我不知道。很难吧?"

我知道我的回答听起来很滑稽,但这是我唯一能给出的回答。

辛迪把我死死地钉在原地，一时间，她的这种眼神留下的回忆纷纷开始闪回。我从她的眼中也看到了同样的回忆，而且她的那本《你是主人公》给出的答案比我这本来得要快多了。下一秒她的嘴唇已经吻在了我的嘴唇上，我几乎是条件反射地回应着她的吻。

几乎是。

一部分的我在试探着接触。

另一部分的我想呕吐。

我感到辛迪拉过我的手，把它放在了自己的腰上，而她的手则在我的背上摸来摸去。她把我引向她，我一下子把她按在沙发上。

"有意思，"她欲火中烧地看着我，低声说，"我以前不知道你这么喜欢主动。"

"你不知道我的事情太多了。"我冷冷地回答。

我从她眼中看出我的语气让她吃了一惊。我赶快趁着欲望还没有占上风之前继续说：

"你这是要做什么，辛迪？"

她一下子呆住了。她的《你是主人公》里面很明显没有这个答案。

"不,"我接着说,"你都不用回答,我差不多能想到了,但实际上,我一点儿也不感兴趣。"

我站了起来。辛迪仍然躺在沙发上。她的眼神变了。她看着我的眼神好像是要努力在抹布和拖把中做出选择。我不怪她,我估计也表现出了同样的神情。

"你走吧。"

她什么也没说,但是照做了。我看着她穿上高跟鞋,把衬衫上面的扣子系好(她什么时候解开的?)。我把她的大衣递给她,在她还没穿上之前,我就打开了门。

"你变了。"她走出门之前对我说。

"你要是真正好好了解过我,你也不会过来自讨没趣了。"

"至少我尝试了……"

我砰地关上了门,没有再说什么。

"保持礼貌",刚才有那么一刻我给忘了。

桌上还放着她的半杯酒和那杯我一点儿也没动的梨汁。我拿起酒杯,走到厨房把里面的酒倒掉,连同那整瓶红酒一起倒了。我把酒杯和酒瓶一起扔进了回收袋里，我再也不想看到它。

回到客厅，我甚至不敢再看那张沙发。我到卧室里找出了一张被子盖在了上面，看上去就好些了。我拿起遥控器打开电视，小口呡着梨汁，根本没有听新闻主持人在说些什么。

我感到一阵阵的屈辱。

这就是为什么我不找女朋友的原因。

七

埃尔莎

今天星期一,没有人来看我。没有人探视的日子本来就漫长得可怕,尤其在蒂博闯入我这奄奄一息的生命后,我觉得日子变得更加漫长了。我们相遇的概率是那么小,他只是来看望他弟弟的,或者说他只是送他母亲来看弟弟的。况且,在平常的工作日,他很有可能工作太多,抽不出时间。

我听着护工在例行公事。这次她什么也没忘,我甚至觉得她花的时间多了些,不知道还以为我要出席个什么仪式呢!这次她似乎对我的嘴唇格外执着,就好像她想起来上次她忘了给我涂唇膏一样。

她安静地把活儿干完，然后离开了房间。几分钟后，我的门哗的一下开了，一团嘈杂的说话声和脚步声进入了我的房间。突然而至的一群人让我感到很意外。怎么这么多人？

我在一片嘈杂声中捕捉到了几个医学术语。一时间信息量太大，我无法理解到底发生了什么事情。但是我能嗅到（这只是一种表达方式），这是我的主治医生和他的住院实习医生团队。刚刚拍手的那个一定是主治医生，因为很快议论声就停止了，房间里又渐渐恢复了安静。

听这周围此起彼伏的呼吸声，我身边应该有五个实习医生。我竟然成了医学院的教学范例了！主治医生站在我的床尾，他拿起记录着我"身体机能服务情况"的夹子——我一般都这么叫，已经有一段时间没有人再往上写什么了。

"这是第五十二号病例，"医生开始讲话了，"多处损伤，其中包括颅脑。差不多五个月的重度昏迷。具体的你们自己看吧。"

好极了，我成了一个数字，而且还是个特殊案例……

病历夹在实习医生的手中飞快地传阅，每次也不过停留几秒钟。或许医院里有个明文规定，医生阅读病历卡不能太久。又或许读完这些实在太烦人，他们只想更直观地看病情，训练出在五秒钟内找出问题根源的能力。如果是这样的话，他们可以好好回顾一下自己学医的经历。我更愿意有个医生能在第五十二号病历上花上超过五秒钟的时间，没准他就能发现其实我还是能听见声音的。

"这里有一张她的脑X光片。当然，这是最能说明问题的。我把她七月刚入院时的X光片和两个月前的拿来做个对比，请你们谈谈各自的看法。"

这下他们用了超过五秒钟的时间。我听到他们在窃窃私语，但是我放弃了听那些细节。这对我来说太专业，我感觉到他们个个都很紧张，好像正在接受某种测评。

"怎么样？"主治医生问道，"看出什么来了吗？"

一个站在我右边的实习生发言了：

"X光片上，她的情况从七月到十一月期间已经有所好转了？"

"没错，但我希望听到更具体的。你们应该论证为什么得出这样的结论。我希望明天早上我的办公桌上能有你们的书面答案,这样今天晚上回去,你们就可以好好动动脑筋了。"

我听到了一些小声的抗议,但这些实习生很快就安静下来了。

"还有什么?"医生又问道。

"先生?"另一个实习生回答。

"法布里斯,请讲。"

"我可以直说吗?"

"这里向来是有话直说,哪怕有时候说的不一定都对。"

"不必拐弯抹角的?"这个叫法布里斯的实习生问道。

"咱们医生之间是可以的,"医生回答,"当着家属的面,还是尽量避免。讲话的措辞也要分清楚对象。现在,你可以有话直说,请讲吧。"

"呃……她没戏了?"

我听到了几声窃笑,但笑声很快就止住了。

"很明显你并没有拐弯抹角,法布里斯,"医生评价道,"但你说的确实没错。你们眼前的这些数据,几位不同专家给出的意见,以及最近三个月来并无值得注意的进展,都说明了这个结论,这位病人复原的概率,刚刚过2%。"

"只有2%？"刚才第一个发言的实习生问道。

"还是在我们假设她醒过来的前提下，我们还不知道这些损伤对她的行动能力造成了多大的影响。就损伤的区域来看，我们可以看出她的语言能力、右半侧的肢体运动机能都受到了影响，还有大脑皮层攫握能力部分产生的神经官能不足，以及我们已经发现的呼吸能力丧失，还有……"

我强迫自己去想别的事情，绝望地想让自己远离医生正在说的话。我不想再听到他说的每一句话。虽然听力是我现在仅存的机能，但我现在连这个功能都不想要了。我紧紧抓住那些能帮我逃离现实的念头，而头脑中出现的唯一能令我平静下来的就是蒂博。我与他素昧平生，但是通过他，我却能想象到很多事情。我让自己的思绪游荡了一会儿，但医生的声音最后还是把我拽回了现实。

"……所以说，只有2%。"

"那几乎就是零了，不是么？"一个我之前没听到过的实习生问。

"对，几乎是零。但我们的工作是科学严谨的，不能存在'几乎'这样的字眼。"

"那就是说……"实习生又问。

"就是零。"医生斩钉截铁地给出了结论。

楼道里一辆小推车倒了,闹出了不小的动静,就像给我的审判来个一锤定音。实习生们正在草草地记着笔记。医生应该自我感觉很好,他的第五十二号病例分析已经做完了。他可以去干别的了。但是好像还没结束。

"然后该哪一步了?"他又开始提问。

"通知家属?"还是最初回答问题的那个实习生。

"没错。我几天前已经开始和他们接触了,请他们考虑。"

"家属说什么了?如果可以透露的话……"

"他们说会考虑。母亲好像已经接受了,但父亲还是反对。你们以后会经常遇到这样的情况。家属意见完全一致的情况很少见。这种相互矛盾的反应也是很自然的。我们不能只是随便地跟他们谈论关掉一个深度昏迷病人的呼吸机。"

我不喜欢这个医生说起我父母时的语气,但也不得不承认他说的是实话。

"但是我觉得我们刚才就是这么做的啊。"第一个回答问题的实习生突然这样说道。

我伸长了耳朵，比刚才还要认真地听着。这话恐怕也让主治医生有些措手不及，因为他并没有马上做出回答。

"你能解释一下你想说什么吗，洛里斯？"医生想尽量让语气显得正常一些，但还是难以掩饰其中的生硬。

"刚才我们用的那些字眼，做出的那些估算，您说我们不能随便地谈论关掉一个深度昏迷病人的呼吸机，但我刚刚好像听到法布里斯说她没戏了，而且好像她的复原概率也从刚才的2%降到了零。如果这还不叫随便的话，那恐怕我们对用词的理解不太一样。"

我要是能动弹的话，一定要亲他两口。但我觉得我可能要先帮他说上几句，因为听主治医生的口气，洛里斯接下来几天可能都要守夜了。

"你是在质疑你的同行和你未来同事们的诊断吗？"

"我没有质疑什么，先生，"他辩解道，"我只是觉得，这个人至少现在还在我们面前呼吸着，我们就如此确信她已经没希望了，是不是不太正常。"

"洛里斯，"医生努力压抑住自己的不耐烦，继续说，"如果你承受不了必须要给某个病人撤掉仪器的事实，那你在这个科室什么也干不了。"

"这不是能不能承受的问题，先生，而是对待事实的态度。您刚才说恢复的概率是2%，对我来说就是2%，而不是零。只要不是零，我就认为我们还有希望。"

"你在这儿不是来希望的，洛里斯。"

"那我是来干什么的？"这个实习生固执而又不逊地反问道。

"你们是来证明这个病例已经解决了，这是最终结果，都结束了。想重建这个病人的生命链已经是不可能的了。正如这位同事所说的，她没戏了。你听着顺耳不顺耳并不重要。"

病房里鸦雀无声。我想象着洛里斯瞪着他的导师看了一会儿，然后低下了眼睛，而其他人则假装忙着在记笔记。总之，这堂课算是结束了。本来面对这样的情形已经够可怕的了，更何况躺在那里的人就是你自己。但是要知道，我又一次搞错了。

"洛里斯，既然你好像对这位病人特别关心，那就请你记录一下我们这次巡视的总结吧。"

我听到我的病历夹被传到了我的右边，接着是铅笔的摩擦声,随后夹子又被传回了医生手里。

"嗯……总结得很好,洛里斯。要不是你表现得那么顽固,实习期一结束我就会要你。但你还是落下了一条细节。"

"什么细节?"

年轻的实习生不再那么多话了,这我也能理解。医生的话也让我不由得竖起了耳朵。

"第一页上面,"医生回答道,"我们可以加上这个。"

"这是什么意思?"另一个实习生问。

"洛里斯?"医生叫道,"你可以回答一下你同事的问题吗?"

我的头脑中完全能够浮现出洛里斯紧握双拳,咬紧后槽牙的样子。他只不过是在走进这间病房后为我说了几句话而已。然而我对他们要在我病历的第一页加上什么一无所知。

"这就是说,我们非正式地声明我们认为可以拔掉她的呼吸机,只等她的家属同意,来确定具体的日期。"

八

蒂博

我今天心情不错，尽管比平时起得早了一些。

我在风电项目上帮了同事一个小忙，他请了我一杯梨汁。这算是个不错的礼物，我很快就把它喝完了，我从早上醒来时就有了一个很好的预感。

早上，当我意识到自己为什么会有这样的预感，简直要笑出声来了。

今天是星期一，原本今晚要送母亲去医院的。我第一次满脸笑容地对这段路程充满了期待。

"蒂博？看你一脸的傻笑，出什么事儿啦？"

我的思绪一下子被拉了回来,看到我早上帮过的同事正在打量我,好像要从我的下巴上读出点儿什么东西来。他问的问题好像从距离我很远的地方传过来,我也很好奇自己准备怎么回答他。

"呃……你说什么呢?"我傻乎乎地说。

"你脸上的笑,就是这个。"他边说边指着我的嘴。

"你不是也在笑嘛!"我反驳道。

"我笑,那是因为在笑你呢,"他笑着说,"说吧,为什么一脸幸福样?"

"你管不着。"

"我看是因为一个姑娘。"

"我说了,你管不着。"

"没错,就是因为一个姑娘!喂!大家快来呀!蒂博他……"

我一把抓住他的肩膀,用手捂住他的嘴。一定是我模仿蒙面暴徒模仿得太烂,我的同事从我的指缝里爆发出一阵狂笑。他至少明白了我希望他到此为止,别再多嘴。

"比这要复杂多了。"我说着放开了他,捂他的嘴也没用。

"好吧，"同事答道，仍然止不住笑，"等你弄明白点儿再跟我们讲讲！"

他冲我挤了一下眼走开了，我又重新沉浸在了自己的思绪当中。

确实，这件事要复杂多了。我正在为要去见一个重度昏迷的女孩儿而感到喜悦。

我这一整天都在工作和胡思乱想中度过，而想来想去总是埃尔莎。有几次，我也想到了弟弟。下午五点一到，我就只想赶紧开溜。

我开车去母亲家接上她。我感觉她的状态好多了。车停在了医院的停车场里，我们下了车。可能我脸上一直挂着那样的傻笑。

"怎么啦，蒂博？你今天看起来挺开心的。"

"没什么特别的。"

与我的同事相反，这个答案轻易地就令她心满意足了。这次，我陪她坐了电梯而没有走楼梯，我们走进了五层的楼道。

"你还是不想一起进去吗？"她试探着问。

"不想。"

"那你这段时间去干什么?"

"估计要去睡上一觉,也可能说会儿话。"

"跟谁说话?"她表现出惊讶的神情。

"跟墙说。"我笑着答道。

我们在第五十五号病房门前停下。我看着母亲悄悄进了房间。我简短地瞥见了弟弟的病床,床上堆了一堆东西,包装纸、杂志、电视遥控器。听屋内传来的声音,电视应该是开着的。我犹豫了半秒钟,然后任由门在我面前关上了。

不行,我还是没有做好准备。

我转身走向五十二号病房。我把门开了个缝,探头进去看,太好了,没有人。我轻轻地把门关上,好像怕吵醒睡在这里的那位。我竟然在她面前有些无所适从,真是奇怪。

我刚往前走了三步就意识到有什么东西不一样了。我感觉到有点儿变化,这种变化让我有点儿不踏实。这个房间有一部分很整洁,而门口的地面上却有很多脚印。茉莉的香味被很多其他气味掩盖了。当我走近病床时,发现地上散落着很多橡皮的碎屑。

今天有人来过了。这倒是很稀奇。可能是埃尔莎的家人，这恐怕有些出人意料，倒是她的朋友更有可能，这样门口那些脚印也说得通了。但我不明白的是，难道他们画画了？我很快就不再去想这些，而是把注意力集中到埃尔莎身上，或者说"埃尔莎和我"这件事上。

从今天早上开始，一想到要来这间病房，我就处于一种欣喜的状态。这不正常。我自己不断对自己重复，这不正常，这不正常。为即将要见到的一个不能动，不能感知，不能思考，不能说话，再加上我根本不认识的女孩而激动不已，这一点儿也不正常。从我第一次在这间医院里走错房间开始，我已经问了自己无数次，我到底来这儿做什么。但我始终也没有答案。没关系，似乎有时候我们也有搞不清楚状况的权利，就像我老板对我说的那样，但他总会紧接着再加上一句："只要不超过一天就行。"在这件事情上，我已经远远拖过了二十四小时。我应该给自己定个时限的。

我没有再继续想下去，而是挪动双腿走到了那张歪放着的椅子跟前。看来来这里的人都不愿意坐下。我完全没有注意到挂在床尾的病历夹。就我第一次来时看到的情况，医生们并没有在这几张纸上花太多的时间。而且我眼前看到的，联系着埃尔莎生命的那些线、管子、机器，和之前相比不多也不少。

和上次来时相比没有什么变化。

可能就是因为这样我才执意要来这里吧。

突然间，我觉得这是多么显而易见的啊，以至于我不由得为自己叹息。可不是么，这就是我到这里来的原因！这个房间里的一切都不会改变。埃尔莎一直都在，面无表情，一动不动，一直以同样的频率呼吸。房间里的陈设也是一成不变，当然，里面也没有多少东西。只有这唯一一张椅子，时不时地会被移动个几厘米或几米。除此之外，这个房间就像一颗静止的时空胶囊。

一颗我时不时就能进来的时空胶囊。

我要在这颗胶囊里待到什么时候呢？埃尔莎要在这待到什么时候呢？

我低声抱怨着坐到了椅子上，好极了，我刚找到了一个问题的答案，现在又冒出来两个！看来我要是给自己设一个解决问题的时限！我想了一下，今天是星期一，或许一个星期的时间？如果我给自己定在下周一想出我该怎么办，应该是足够了。况且，我也没有那么多的选项，要么继续来看她，要么就再也不来了。至于埃尔莎，她要么继续这样睡着，要么醒过来。对于她的选择，我没有任何发言权，但是我可以决定自己的选择。于是，今天，我决定给自己判个缓刑，不再庸人自扰了。

我已经脱掉了鞋子和皮夹克，这夹克冬天穿就像宇航服一样，手套、小围脖、证件、车钥匙、家里钥匙和我母亲家的钥匙都能塞进去，全部家当都能随身携带。其实也没什么，我也没多少家当。那些和辛迪同居时的东西，我一件也不想留，我已经丢掉了好多有用没用的物件。我母亲总是说我应该把我家收拾得有点儿个性。她还说过好多别的，我都故意当作耳旁风，这件事只是其中之一。

我尽量找了个舒服的姿势坐在那把椅子上，然后又开始抱怨忘记带个垫子或是别的什么，好让这硬邦邦的塑料椅子更软和些。我看了一眼我的皮夹克，垫上它也不会软和到哪儿去。我开始环顾四周，想看看有没有现成的办法。结果并没有。我走进病房里附带的没什么用的浴室，事实证明它的确没什么用，既没有浴巾也没有浴袍能拿来当个垫子用用。我又回到病房里，发现了我唯一的解决办法。我犹豫了一下，才意识到我从一进门开始就表现得非常失礼。

"妈的！呃……对不起，埃尔莎，你好！我刚才进来之前脑子短路了，我在想事情。对，有件事……我脑袋里事情太多了，没法一句话说清楚，你先将就一下吧。还有就是，你可能得帮我想个法子。"

我最后又看了一下四周，实在不是很喜欢自己刚想到的这个办法，但也聊胜于无。而且谁又能知道呢？唯一能打扰到的人又什么都感觉不到。我站到床边，伸手越过那些线，当我的手指抓住枕头时，我的肌肉猛地收紧了一下。这样不行。一具毫无反应的躯体是很沉的，尽管埃尔莎不会超过五十公斤，但分量也在那儿摆着呢。而且，我也不能因为她什么也感觉不到就拿走她的东西，占人家的便宜。这一点儿也不像我。

我就这样一动不动地呆住了几秒钟，然后把手收了回来，把那些线啊，管子什么的都放回原位。埃尔莎更是纹丝未动，我也不知道刚才为什么会想到了这么个傻主意。

"你记得我上回来的时候说过这个椅子特别不舒服吗?"我转向她说,"你看,还是一样!我刚才本来想拿一个你的枕头,但是我看你在上面睡得挺沉,而且……我这么做也确实不太礼貌。这次就算啦,我就吃点儿苦,在这个硬椅子上凑合了,你还是继续舒舒服服地躺着吧。"

两分钟之后,我就无比地确信这把椅子就是用来折磨人的刑具,为的就是让探病的人赶紧走。医生和护士都不喜欢病房里有很多人,有了这样的设施,他们就能保证探病的人绝不会久留。我在这块塑料上蠕动着,已经开始想要不要离开了,我到车里去等我母亲也行啊。

但我不想离开。

《你是主人公》一书只在我脑海里一闪,就迅速地把我带到了第十三页:"您只有一个选择了。"

是的,我知道这个选择是什么,但也确实好不到哪儿去。这样又得挪动她,而且要是有人来了,仅凭一句"我是她朋友"是逃不过去的。我发出了进门后的第四十声叹息,站起身来,感觉自己像个要向家长承认错误的傻小子。只不过,这次,在行动之前我要先跟她说一下。

"埃尔莎,这椅子实在太难受了。所以要不然我出去,要不然你腾点儿地方给我。"

我已经转到了床的另一边,靠窗的一边。我感觉那边的空地要大些,但也只是感觉,因为埃尔莎躺在床的中间,床边也就留了几厘米,好让床垫更好地贴合她的身体。我到这边来也是为了如果有人进来能有点儿防备。运气好点儿的话,不会有人一下子就看到我躺在这儿。运气更好一些的话,就不会有人来。运气好到没边儿的话,要是有人看到我和一个深度昏迷的病人同床共枕,说不定会很同情我的。

我又一次把手伸向了埃尔莎,并且注意隔着床单。病号服下面就是她瘦弱的身体,我还有些下不去手。我小心不碰到那些线什么的,试着把她往边上挪一点,结果我失败了。

第四十一声叹息。我拿起了床尾的病历夹,她入院的时候是五十四公斤。以她现在的状况,随随便便也应该至少掉了六公斤。天哪,我现在连四十八公斤都抬不动了,真是应该运动运动了。

我放弃了挪动埃尔莎的念头,转而把线都挪到了另一边。我悄悄地在她身边躺下,就在留给我的那三十厘米的床垫的边缘，身体挺直得像个"i"，然后我稍稍放松了一下，差点儿叫出声来。

这床垫有些奇怪，肯定和我家里的不是同一款，这是自然，但也不是我知道的其他款式。我脑袋里的齿轮在飞速运转。埃尔莎这样半躺着好几个星期了，这种床垫一定有某种设计来应对这种状况。我感觉自己想明白了，又重新躺下，背对着埃尔莎。她的身体虽然不能动，但是那份温热却像被子一样覆盖着我。

还是床垫舒服呀……

十秒之后我就睡着了。

九

埃尔莎

　　就算我能动,这会儿我也不会动的。我就这样安安静静的,一动不动,生怕打扰到他,吵醒他。或许我会允许自己稍稍转过点儿身去看他睡着的样子,仅此而已。

　　我密切关注着蒂博,看他要玩儿什么小把戏。但我怎么也没想到他躺在了我身边。躺在一个植物人身边总会显得有点儿病态吧,他又一次让我吃了一惊。母亲有时碰我一下都会觉得不自在,而他却和我紧紧地贴在了一起。我的床也不是那种加大码的,我们两个肯定免不了有些肢体接触。

　　肢体接触对于我……就像小女孩想吃巧克力冰淇淋一样。

差不多二十一个星期了,我完全没有任何触感,而且我关于触感的最后一个记忆是覆盖在我身上的雪。这也不算什么好的回忆。如果是这样的话,我会满心欢喜地放下矜持,只为感受蒂博贴着我的感觉,哪怕只是一丁点儿。我们之间一定隔着几层被单和衣服,但只要能感受到他的体温就足够了。

如果说只是肢体接触,我体会谁的都可以。护工每天都来帮我清理,我妹妹也经常会握着我的手,至少我是这么觉得的。而且史蒂夫、阿莱克斯和丽贝卡来的时候,他们也会在我额头上留下一个吻。但是蒂博不一样。他是我独享的一个小秘密,是我救命的一口氧气,我却一直对他长什么样子都一无所知。

我条件反射般想命令自己的大脑控制我的头,然后睁开眼皮。我还要列出接下来的步骤:让我的神经元激活我的眼睛。但我很快意识到,这傻透了,一点儿用都没有。他们早上已经说过了。

我一下子陷入了沮丧,开始怨恨那些医生、未来的医生、实习医生、住院医生,包括多多少少替我说了两句话的那个。他们一个也别想逃脱干系。我愤恨地开始胡思乱想,他们个个都面目可憎，暴躁易怒，我甚至想到他们当中有人日后在行医中会出现严重的误诊，然后我突然清醒过来。

不能这样想。误诊就意味着有人会因此而丧命，我不能盼着别人出事。而且被误诊的，很有可能就是我。

可能是我……

可能是我！

要不是昏迷着，我可能会喊着"得救了"之类的话一跃而起，但目前我就在心里暗自庆祝一番好了。

从他们那个 2% 的概率到后面我没明白的那些事来看，我可能就是被误诊了。

我突然间感到神清气爽，这就好像街心公园里面玩着跷跷板的孩子们，突然间就从低处升到了高空。

我可能是被他们误诊了。我可能是会醒过来的，我要向他们证明他们错了。况且，他们当中没有人会想到我能听见，然而这却是事实。要是我能睁开眼，或是做出任何一个动作……

那么只剩下一个问题：我怎么才能做到？迄今为止，除了听见和等待，我什么也做不了。但是，我真的有尝试过其他努力吗？

五分钟前，我完全逃避了尝试"转转头"的企图。我轻易地就放弃了努力，因为我看不出为什么要做这个努力。医生们的诊断那么不容置疑，但是昏迷的人毕竟是我，所以他们的理论……我一下子就产生了怀疑。

我内心必须承认那个主治医生确实让我怒火中烧，哪怕是为了让他出丑，我也想要醒过来。但是此时此刻，我觉得我想醒过来是为了别的缘故。但是直到现在，我也从没为此努力尝试，甚至都没有想到过要试一试。我现在唯一能做的就是，想象。

当然，努力醒过来的前提大概就是要能控制自己的肌肉，更别说大脑了。可现在，除了听力，我其他都控制不了。但是如果说这个区域能重新运转了，那为什么别的区域不能呢？这就是所谓的"谜"，就像史蒂夫经常说的："这可让我怎么弄啊？"

答案很快随之而来，仿佛它在等着这一刻的出现。我只能靠想象，因为眼下，这是我唯一力所能及的事。我想象着我正在转头，想象着我正在睁开眼睛，让视网膜恢复运转。

我想象着自己坚强得像一块钢铁，而我也确实能够做到。

我很快就沉浸在这个任务中了。

有一个潜在的目标确实大有裨益。好吧，这个目标现在也开始清晰了，那就是我渴望能看到蒂博。如果我能转动头，这已经是一个巨大的飞越。然后我再睁开眼睛，能够看清东西，这简直就是实现了一个不可思议的奇迹，那样我就能最终看到蒂博到底长什么样子了。

想到这里我自己都觉得脸红。但那是因为我父母来探望的时候并不怎么好好陪我，史蒂夫、阿莱克斯和丽贝卡又不经常来，就算要颁发奖章也没有太多的选择。

于是我把蒂博小睡的这段时间都用来给自己下指令，转头和睁眼。我时不时地交替一下指令，因为这样的训练实在是太枯燥了，不过好在我有身边这位临时"床客"的呼吸声来激励自己。他每吸一口气，我就想象自己转了一下头；每呼一口气，我就想象自己睁开了眼睛。而我每次想象中蒂博的样子也不尽相同，但我发现总有一些地方没有变化。比方说我几乎确信他有着一头棕发，尽管我完全不明白自己为什么会这样想。

我继续着脑内训练，直到听到右侧有动静。原来蒂博不是在睡梦中动弹两下，而是睡醒了。在我白费力气尝试转头的时候，他差不多舒舒服服地睡了一个小时。我能肯定他确实睡了一个好觉，但我却一点儿也不清楚我的训练结果怎么样，因为我没有感到任何变化。

蒂博的一声怨叹把我抽离回现实中。听声音，他先是坐起来，然后站起来，接着一动不动了。我正在想他这是在干什么，就听到他距我半米之内的均匀的呼吸声突然变了。

"糟了！你的线！"

他的叫声吓了我一跳，我很想知道我的线出了什么问题。

"啊！我一定是睡觉的时候碰到了你或是什么的，把这些线都压了！还好没有断开！"

听到他这样大惊小怪，我竟然有点儿开心，但我想不起来他什么时候动作那么大来着。他略微整理了一下我的线，我经常在想我缠在这些他口中所说的"玩意儿"当中该是什么样子。一开始我觉得应该像是被粘在蜘蛛网上的小虫，现在我更愿意想象自己是支索当中的登山扣，那是一种用来把人从冰隙里吊出来的装置。这是我的领域,说起来也更好听些,而且这也是一种救援方式。然而那次……

当蒂博仍在我身边鼓捣那些线的时候,门开了。他一定像冰块一样定住了,因为我没再听到他那边发出的声音。新来的人走了进来,蒂博仍然什么也没说。我在想这究竟会是谁。

"您好。您是家属吗?"

我听出这是早上为我说话的那个实习医生的声音。现在我知道他是谁了,但他来这里做什么?蒂博的回答令我更感兴趣。

"不,我只是她的朋友。您是?啊,我是说……您是她的主治医生吗?"

短暂的沉默,我想对方是在摇头吧。

"我只是这个科室的住院实习生,我是过来查房的。"

"哦。"

我的反应和蒂博一样。这七个星期以来都没有实习医生来做过什么所谓的查房。我想还是早上的那堂课刺激到他了。

"您有什么问题吗?"他问。

"呃……没有，没什么特别的。"

蒂博绕到床的另一侧，他应该是想离他的东西近一些，好随时准备开溜。他撞见史蒂夫、阿莱克斯和丽贝卡那次，他们最终还是让他留下来了。但今天，我一点儿也不指望这位实习医生能有同样的本事，特别是他还有些不爱说话。

既然看不见，我就尽量想象着眼前的场景。我突然意识到蒂博应该还只穿着袜子，而且我右侧的床单应该都皱起来了。我觉得很好笑，又怕他在我床上借宿的行迹被发现。仅仅想到是这样一件有些禁忌、寻常人不会去做的事情，就感到妙不可言。

但是实习医生对这些细节似乎完全不感兴趣，仍然一言不发。至于蒂博，他慌慌张张地穿上衣服和鞋子，在别人的注视下他一定很紧张。我听到他最终走向我的床，弯下腰来。我很惊讶，他还敢在实习医生面前亲我的脸？但这时他出了声，动作也跟着停下了。

"对了，我有个问题。"

要么这位实习医生是在沉思，要么就是他给了蒂博一个手势，让他继续。无论如何，他还是没有说话。

"这些线都是干什么用的？"

这个问题并不是很没趣，我准备好了等着听实习医生的回答，他也终于决定开口了。他没有用那些艰涩的专业词汇，而是把每个输液管、空气管、脉搏监测设备的主要作用都讲了一遍，我大概听懂了。蒂博又问了几个小问题，他如此感兴趣倒是令我意外。

这堂即兴的医学课算是上完了，我希望实习医生赶快离开这里。我怕（我要是有感觉，一定会怕到肚子疼）蒂博不敢用他的方式跟我说再见。但是又一次，他的态度超越了我的期待。

"再见，埃尔莎。"他轻声说着，用嘴唇亲了我的脸颊。

这次我没有强迫我的大脑去试着捕捉那一下的触感，我的整个灵魂都集中在上面了。但是很遗憾，我什么也没有感到。于是我只能自己创造那一点一滴的感受，温热而柔软的嘴唇，一个轻轻的吻。

"您是她以前的男朋友？"实习医生问。

"为什么说是'以前'？"蒂博直起身来反问。

"对不起，是因为……她这样也挺长时间的了。可能您也开始向前看了。总之,对不起,是我多事了。"

实习医生回答得磕磕巴巴的。还好,蒂博远没能明白他真正的意思。我对他为什么会用"以前"心知肚明,今天早上他的老师差不多已经给我签了一份死亡证明。

我发现蒂博并没有回应实习医生,无论是他的道歉,还是他之前的那个问题,他只是和他打了个招呼,然后走了出去。我最盼望见到的探望者,就这样在这种诡异的气氛下走出了病房。

过了一会儿,我才回过神来,重新注意到这位闯入者。他显然一直没有动,以至于我还以为他已经出去了,直到我听到他走向我右侧的窗边。

我不知道他在搞什么。又过了一会儿,有了几声响动,我才明白他在打电话。

"喂,是我……没有……今天糟透了,对……主治医……抑郁?快了……"

听他的声音有点儿不正常,他或许应该回答说"确实是"。但是要在电话里说,就未免有点儿夸大事实。他又加了一句"可能吧",免得让电话那头的人着急。

"哦,其实是……一个病人……对,我们科室的。深度昏迷……他男朋友刚走。"

喂,你说错了,亲爱的大夫。蒂博不是我男朋友。但我没法纠正他。

"呃……应该是,我问了他,但他没回答。他刚刚亲了她的脸,就在我眼前,他赶快亲了一下就走了,就是因为我在这儿,所以他没敢……好啦!他也没几天可亲的了……"

我瞬间不想再听下去了。蒂博让人感觉他只想"赶快"亲我一下。不仅这样,这个实习医生刚刚突然号啕大哭起来。我的天哪,他这是怎么了?

"对不起,我刚才说得太难听了……对,我知道!但是……他们想撤掉她的呼吸机!你明白吗?……对,这是我工作的一部分,只是……只是这件事快要把我逼疯了。啊……等一下,我的呼叫机震了。"

确实,刚才我就听到一阵不知道什么东西发出的震动。

"我得过去了……好,晚上见……我也是,我爱你……"

临出门前,我听到他深深地叹了口气。要是可以的话,我也会一样深深叹息的。

十

蒂博

在关上五十五号病房门之前,母亲最后看了我一眼。我眨眨眼睛,装作什么也没看到。我以前并不是医院的常客,但这已经是我这礼拜第二次来医院了。我还勉强乐意接受这一切。

今天是周三,和周一一样,是医院的探视日。我在工作的时候就开始不自觉地傻笑。我会先去接我母亲,一起来到五十五号病房前。我尝试着和母亲一起去探望我弟弟。

我仍然假装什么也没看到。对周一来这间病房探望弟弟,我仍心有余悸。我一点儿也不想再来这间病房了。

此外，我还有更有益的事要做呢。

我径直走向五十二号病房，房号下面依旧挂着那张雪山的照片。在听过她朋友们的解释之后，我猜埃尔莎应该对这座雪山情有独钟。她对雪山的热爱，我还是有些难以理解，尤其是看到了她为此付出的代价。

我按下了门把手之后，整个人就停住了。里面有一个人的说话声，而且这声音一听到门把手的响动也停了下来。我能肯定那是一个女孩子的声音，但并不是上次那个丽贝卡。我听到里面传来椅子往后挪的声音，之后是犹豫的脚步声。我松开门把手，想赶快找个对策，那样子一定狼狈极了。

无论里面的人是谁，我都不想解释我为什么会出现在这里。我真是受够这种摇摆不定了。编一个谎话，还是勉强说出实情呢？我只想在一个安静的角落休息一下。除了丽贝卡和她的男朋友外，没有一个有理智的人能接受这样的解释。史蒂夫似乎就不太能接受。

我要是想逃的话，楼梯又离我实在太远了。里面的女孩一开门就能看到我在走廊里跑，这实在太可笑了。而我要是一屁股坐在那个离我只有几米的椅子上面，听上去也一样可笑。但是这招奏效了。我装作是一个无所事事的家伙，避开了她的目光，坐在了走廊的椅子上。这个女孩看上去像是个大学生，二十来岁，她看了看走廊，怀疑是不是自己听错了，然后退了回去。

我整个人都松弛了下来，耸了耸肩。我刚才还觉得自己的样子应该很可笑，但是更确切地说，应该是很可悲。我是陪母亲来医院探望弟弟的，但我唯一渴望做的事情，就是跑到一个毫无生机的病人那里，只为了贪图清净。

在我弟的事情上，在我母亲的事情上，在清净这件事情上，我一错再错。我拒绝去探望我的至亲，但并不意味着埃尔莎也要遭受同样的待遇。事实是，上周，她有三个朋友来探望；还有今天，又有其他人来看望她了。我竟然暗自希望那个人能快点儿离开。我觉得自己不仅是可悲，还很自私，于是在椅子上瘫坐了下来。

我第一次在这一层的走廊里耗着，我开始观察起四周。我首先看准了楼梯的位置，万一有什么情况我还可以逃走，但实际上，我连从这张硬硬的塑料椅子上站起来的勇气都没有。走廊一头是窗户，另一头有两扇门，通向同一条消过毒的走廊。墙上还挂着一些褪了色的画，光是看画上陈旧的玫瑰红色，已经让人有些不适了……我不明白为什么医院里的东西都是这么惨白惨白的，他们可能觉得鲜艳的颜色会让人觉得太过刺激。

然而在这种科室，情况应该相反才对。虽说……我也不知道。我从来没有昏迷过，也没有经历过昏迷后期的恢复，完全不了解颜色会不会对病情起什么作用。就算有的话，也是我胡乱想到的。我真是有毛病，已经开始在想象处于深度昏迷是什么感觉了。

我突然意识到从刚才开始，我的眼睛就在寻找着什么东西。我在找另一个号码，五十五。当我发现我就坐在那个病房旁边的时候简直吓了一跳，我在距离我弟病房门口仅有十厘米的地方坐了两分钟。尽管这是无意识的，我也认为两分钟这么长的时间，对我来说可以算是一个重大的飞越。

这才是我的症结所在，五十五号病房和里面躺着的病人。

不然的话，我为什么非要去想象昏迷是什么样的感受？从我弟弟醒来之后，我才了解到那些借口、教训、解释和供词。如果我是我弟弟，我又会是怎样呢？明知道危险，我还是喝了个烂醉？我根本没有意识到自己撞到了两个女孩？当他酒醒后得知发生了什么，差点儿没昏过去，我想他这辈子都没有这么害怕过吧。

然而当他在病床上昏迷的这些天，虽然他头脑并不清醒，但身体在逐渐地恢复。这又是一种怎样的感觉？他能感到自己的存在吗？还是他什么也感觉不到，感受不到？人在昏迷当中究竟在做什么？是在思考？还是能听到别人在说什么？医生让我多和他说话，我却一个字也没说过。

可是和埃尔莎在一起，我不到两分钟就开口了。

那是因为我对她没有怨恨，而我弟弟……

一阵耳鸣扰乱了我的思绪，我无力地把头靠在墙上，转向一边。当我听到母亲的声音正从半掩的门缝里传出来时，我的心跳不由得开始加速。她真是顽固，永远不把门带上，似乎还在等着我改变心意。

我不由分说抬起左臂，想抓住门把手，结结实实地把门关上，可这时我的名字却在耳鸣声中响起。我急切地想屏蔽掉这个声音，可我自己的名字，却不是那么容易能忽略的。

"……还是不想来。"

"怎么，他不认我这个弟弟了么？"

"这你怎么能怪他？"

我发现我母亲并没有回答这个问题，可能她也不知道确切的答案，或是她不想高声说出来。我自己甚至都不知道该如何回答。确实，从他犯了事开始，我就在恨他，但我们毕竟是一家人，这是白纸黑字地写在家庭手册上的。

但我也不敢妄称我们组成了一个家庭。所谓家庭，是相互尊重，相互爱戴的，虽然生活中有起有伏，但我们总是能在家庭中找到一种和谐与平衡。就像加埃尔和朱利安那样。可我弟弟已经堕落到家了，我不想和他混为一谈。我母亲一直是我们两个的中间人，她说他多少懂事一些了。我却一点儿也不想费力去拉他上来。他自己挖的坑，他就应该自己爬上来。

"……好怕。"

我一下子睁开了双眼。我的大脑已经把所有声音都屏蔽了，但没能挡住它，尤其是从我弟弟嘴里说出来的。尽管不情愿，我还是竖起了耳朵。

接下来是一阵沉默。我母亲可能是不愿回答，或者是她的声音小到听不见。我的手仍停在门把手边上,我屏住了呼吸。

"我之前好怕,现在我还是很怕。"

我感到自己胸口憋了一口气,好像有一股水流遍了我的全身。我突然开始狂乱地咳嗽,并用手捂住了脸,就算我想听,也听不到后面的对话了。这时,我看到那个女孩从埃尔莎的房间里出来了。

看着她走到电梯前,我仍然咳嗽得喘不过气来。电梯门一关上,我立马从椅子上跳起来,喘着粗气奔向了五十二号病房。

我像启动某种减压装置一样按下了门把手,在身后关上门,靠在了门上面。我的肌肉紧绷着,好像在阻止外面一群人闯进来。我从五十五号病房门外落荒而逃,逃开了他们的对话。现在,除了埃尔莎的呼吸机,我确实听不到其他声音了,但我的思绪仍在那里,我正想把这些思绪挡在门外。

我弟说他之前害怕,那是他活该。他现在还在怕,也是他自找的。但这或许是说他后悔了。

我握紧拳头,晃了晃脑袋。我才不要给他找什么借口,或是接受什么救赎，我要继续讨厌他。如果我不再恨他，就说明我原谅他了，但这件事我做不到。可他毕竟还是我的兄弟，至少在血缘上是。那么我或许可以在另一种意义上恨他？

毫无意义，这里的一切都毫无意义，荒谬至极，就和我出现在五十二号病房一样荒谬。然而我已经身在其中了，我的精神也随着茉莉的香气氤氲而渐渐地放松。我在困境之中找到了航向标，它发出的光芒将我带离深渊，把我带向坚实的陆地。我找到了可以逃离的庇护所，那是一个比楼梯间更好的选择，比我弟弟身陷的那个无底洞外面摆着的那张椅子更好的选择。

"给，我给你带来了这个。"

朱利安递给我一本黄黑相间的书，就当是打招呼了。他的帽子上还落着雪花，脸颊冻得通红。我比他早到了几分钟，已经暖和过来了。

"这是什么？"我一边接过他的外衣，放在我旁边的凳子上，一边问道。

"你看一眼书名就知道了。"

朱利安开始一层一层地脱到只剩一件 T 恤。我抓起桌上的书,《无用者的昏迷》[①],怎么有人敢出这样的书?我很快就放弃了这一大本厚书,转向了朱利安。他刚替我也点了喝的,然后换了个舒服的姿势坐了下来。

"我都没想到你能来。"我有些抱歉地对他说。

今天星期三,又是"朱利安照顾克拉拉"的星期三。我真是没想到我的好朋友能出来见我。

"我跟加埃尔争取到了一个小时,不能再多了。其实也没事儿,可能有个办法,咱俩能多待会儿。"

"什么办法?"我满心期待地问,因为我完全不想马上就回家。

"加埃尔说你可以再来家里,像上周三那样。"

加埃尔的关心让我很感动,但我很快就婉拒了这个提议。

"等等,我不能每次都为了想见你就去你家住吧。算了,别管我了,我难受一两天可能就好了。"

"不是,并不是要强迫你。而且你也了解加埃尔,她有

---

① 《无用者的昏迷》:法语原文 *Le Coma pour les nuls*。——译者注

个事情想要和你商量商量。"

"她想商量什么？"

"和上次一样，你来照顾克拉拉夜里喝奶，还有另外一个小条件。"

朱利安说到最后一句时，露出了为难的笑。我开始有些烦躁了。加埃尔心里总是打着个小算盘。

"说吧，她跟我提什么条件？"

"确实，我们两个要跟你提个很大的条件。"

"你们两个，真是有点儿没边儿了。"我开玩笑说。

"我们想请你周末的时候来照看克拉拉。"

"什么？"

我的这声"什么"，像是从一个被掐断脖子的鸭子嘴里发出的喊叫，好几个邻桌的客人都被惊扰了，扭过头来看我。我完全无视他们，盯着朱利安，好像他刚向我宣布，他要搬到法国的另一头去。

"你疯啦？整个周末？"

"从周五晚上到周日晚上。"朱利安接着说，"你住在我家，你拿个包过来比把克拉拉和整个家都搬到你那儿去要简单得多。加埃尔会跟你交代怎么喂奶和其他的事情，但是大部分你都已经会做了。"

"等等，朱利安，每次我给克拉拉洗澡或是干别的什么，你都在旁边。我是说，如果我有什么没做好的，你马上能接手。可是你们要是不在的话……再说了，你们要去哪儿？"

"加埃尔预订了一个山间小屋。"

"好极了，我根本都联系不到你们……"

"我们又不是到天边去，"朱利安笑道，"山上也是有网络的，而且我们知道你能搞定的。"

"只有你们俩这么觉得。"

我喝了一大口梨汁。一想到我要照顾克拉拉责任重大，即使是梨汁的甜味也不能遮盖住我的心虚。

"你们也可以问问加埃尔的父母啊。"

"他们没时间，而且她想测试你一下。"

测试，加埃尔能想出这点来我一点儿也不惊讶，我甚至笑出了声。一开始是朱利安提出让我来做教父的，加埃尔并不是很确定。我答应的时候可没想过要通过这么严格的招工面试。而且到目前为止，我觉得我已经通过了每一项考验，而眼前这个应该是终极测试,最终决定是不是由我来担任这个教父。无论如何,我知道他们也没有什么别的人选。受洗仪式就定在下周。

"那就跟加埃尔说没问题吧。"

"你确定吗?"朱利安已经笑得合不拢嘴了。

"对,没问题,不过她今天晚上得好好给我做示范!我要想通过考试,还得给我点儿时间准备准备。"

"今晚她出去,我帮你复习!"朱利安开玩笑道。

"啊,所以你只能出来一个小时?"

"没错,她一会儿要和姐妹们出去。"

"你瞧瞧人家多自在啊!"

"我这也是第二次违反当爹的作息时间出来见你了啊。"他提醒说。

"也是……"

既然说定了,我们就开始聊别的事情了。刚聊了两句,我就趁朱利安不注意时,悄悄把那本《无用者的昏迷》放到了旁边的凳子上,远离他的视线,不然他看见了一定会马上跑题。我成功地回避了和他谈及埃尔莎,而是专注地和他聊着天气、我弟的病情、下雪、下一次去滑雪、我弟的病情、我的公寓、还是我弟,一直到我们把杯里的酒水喝光,朱利安的一个小时眼看着就要到了。

我们俩像上次一样,跑到停车场找到我的车,停在他家楼下,然后跑着爬上楼梯。朱利安的眼睛几乎离不开他的手表,他知道他超过规定时间回去等待他的会是什么下场,特别是加埃尔从生完孩子之后,几乎就没怎么出过门。我还在二楼往上爬的时候,他已经冲到了三楼按上了门铃,我的身体素质真是大不如前了。

我听见加埃尔开了门,笑着说我们还挺准时。我刚爬到门口喘上一口气,她就把克拉拉塞到了我的怀里。

"等一下,我还没脱外套呢!她该着凉了!"

"她穿得挺多的,不怕着凉,"加埃尔回答,"你要是不赶紧跟她亲近一下,一会儿她肯定就要开始哭起来了。"

我推着朱利安往客厅里走,加埃尔简直不给我留一点儿喘息的机会,貌似我的周末终极测验已经提前两天开始了。我开始笨手笨脚地脱外套,一只手里还抱着克拉拉。为了让她尽量舒服些,我的动作就像过度表演的杂耍演员。克拉拉一定很喜欢我的表演，当我把她换到另一只手，好脱下另外一只袖子的时候，她的小嘴轻轻地一张一合。我好不容易一只手把鞋子也脱了下来，便听到了她的笑声。加埃尔和朱利安在一旁看着我。显然，我算是通过了这个小测试。

加埃尔冲我一笑，出门前亲吻了朱利安。我转过脸去以免打扰他们短暂的亲密时刻，结果这一刻也并没有那么短暂，而且我感觉这一吻也越来越激情了。这也不能怪朱利安，我刚才看到了加埃尔大衣里面惹火的裙子。

随后朱利安关上门回到客厅，他脸上带着那种幸福男人特有的傻笑，头发也凌乱了。我把克拉拉交给他好脱下自己的毛衣，然后再接过我未来的教女，好让他也把外衣脱了。这画面要是让外人看来一定觉得很奇特，两个大男人和一个宝宝。虽然看起来是两个笨手笨脚的保姆，但其实我们还挺能干的。

我跟着朱利安到浴室，看他给女儿洗澡，测试前的复习阶段开始了。不一会儿，朱利安要去换一件睡衣，于是我很快就接手了。

"今天去医院怎么样啊？"他一边在衣柜里面翻找，一边问我。

"我没去看我弟,我不是跟你说了吗?"

我有点儿责怪自己没对他说出全部的实情。的确,我应该告诉他。

"我不是说你弟弟,蒂博。"

朱利安,这个狡猾的家伙。原来他一整晚都没有忘记这个主题,他只是在等待一个我无法回避问题的时机。我把克拉拉从水里抱出来,轻轻地放在旁边的浴巾上。她冲我挥舞着小胳膊。

"跟之前那几次一样,我睡了一会儿。"我轻描淡写地回答道,想着这个话题或许能就此过去。

"你每次去见她,除了睡觉,就不干别的了?"

"我也跟她说会儿话。不过,说老实话,你觉得我能干什么呢?"

看来我的回答足够明确,朱利安没有再问下去。他帮克拉拉穿好衣服,把她放到我怀里,然后打扫战场。他在一边收拾,我抱着我的教女跳起舞来。

"你打算怎么办?"

朱利安问出了盘旋在我脑海中已经好几天的问题。我慢慢地停下来，陷入了沉思。

"我不知道我能怎么办，但我知道我想要什么。"

"要什么？"朱利安穷追不舍地问。

"我想要她醒过来。"

"这，这也不是她能决定的吧。"

"我当然知道。"

他接过克拉拉，我跟着他走到客厅。两分钟时间，他仅用一只手就做好了喂奶前的全部准备。而我则抓起喂奶垫，坐在他旁边的沙发上。

"来，你练习一下，"他把女儿交给我，"这样你就不能动了，继续老实交代问题。"

"交代什么？"

"其实我也没什么问题了，也许就是一个忠告吧。"

"什么忠告？"

"要小心。"

有那么几秒钟的时间，房间里只能听到克拉拉的吮吸声。

"小心什么呀？"我嘟囔着说，其实我心里清清楚楚地知道他在说什么。

"你爱上了一个你几乎完全不认识的姑娘。要是只有这么一个问题,那倒还好,可是……你爱上的这个姑娘,也很可能永远不会醒过来。"

"你怎么知道她不会醒?"

"因为你是这样跟我描述的,蒂博。很明显,她的病情没有任何好转,而且这才一个星期,我觉得你对这段单方面的感情已经很投入了。"

"我知道……"

对,我知道。这真的是我唯一仅有的回答。或许我可以回答说"我听到了",但朱利安实在是太了解我了。我不仅听到了,还听进去了,并且已经分析、消化了他说的每一个字,因为这些话在我脑袋里也已经萦绕了很久了。

"但我还是希望她能醒过来……"

十一

埃尔莎

我听到了门把手的吱呀一声，于是醒了过来。听到那脚步声、小推车和收音机的声音，我随即意识到是保洁员来了。这会儿应该是夜里了，午夜到凌晨一点之间。我也不用费劲去想为什么他们会在凌晨一点这个时间来打扫，毕竟我这种状况的病人是不会被吵醒的。

她很快就扫完了我的床底下，又花了一些功夫扫两边的地面。今天有人来看我了，我妹妹和蒂博，她应该还得用拖把拖一下地。我还是很喜欢被保洁员吵醒的，我还能听听她的收音机，尽管我说的"吵醒"是一个很宽泛的词。深夜时分，除了主持人的声音格外的催眠，广播里放的音乐还是不错的。想到我还能听到最新的流行单曲，就不由得暗自发笑。要是我醒过来后，可以唱出这些最新单曲，保证会吓他们一大跳。

保洁员走进了那间小小的、只有来探视的人才会用到的洗手间。我听到她在抱怨，怎么有人进来过，但她还是打扫了一遍，用了大概两首歌和一段广告的时间。

当下一首歌响起时，她已经回到了房间里。这首歌我很喜欢，让我想起了在冰山上那些美好的时光，就想跟着一起唱。我放空了一会儿，回想起登山时，我会在往上爬的时候唱歌，而不是在下山的时候，这说明我那时还是挺强的。

是啊……就在这一首歌的时间，我能感觉自己到还是挺强的。

这首歌的旋律和大部分的歌词我都记得，跟着又在脑中过了一遍。我还能听见拖把擦在地板上的声音，我要是保洁员，我会跟着节奏擦地的。她这样毫无章法地一下一下，加上她劳累的喘息声，把节奏都打乱了。这时她突然停住了，拖把的手柄一下子落到了地板上。我并没有太在意，可能是她不小心碰倒了。她好像在原地一动没动。这样也好，我能好好听音乐了。

"我的天……"

她轻声叫了起来，声音里充满了恐惧。我不得不停下了我的脑内小合唱。她看到了什么，把她吓成了这样？我现在是无法亲身体验恐惧给肠胃带来的不适感了，但我还能想象到那种感觉：肚子里剧烈的翻江倒海，脖颈处突然一阵发凉，大气不敢出，全身紧绷，努力想找到一丝机会平复，或者驱散这种恐惧。不过这可能只是我个人面对恐惧做出的反应，因为此时她已经大步跑出了我的房间，门合上的同时，她穿着塑胶鞋快速逃走的脚步声就开始在楼道里回荡。

太好了，她把收音机落下了，这下我可以安静地听完这首歌了。一曲终了，接下来是一首我没那么喜欢的歌。这时门又开了。我无力地指挥着我的大脑去做一系列的动作，看看是谁进来了。转头，挺胸，睁眼，传输所有视网膜接收到的信息。当然，这些我一样也做不到，我只是这样想象着。从星期一开始，我每次醒着的时候都会做这样的训练。两天下来，我几乎已经养成了这样的习惯。

于是我认真地倾听着周围的声音，刚才进来了两个人，除了保洁员还有另外一个人。他们说话的声音都很低，所以一开始我根本听不清他们在说什么。但随着他们关上门，走近了些，他们的声音开始清晰起来。

"我跟您说，我刚才听到有动静！"保洁员激动地说道。

"瞧，玛利亚，这是不可能的啊。"

他们的对话至少让我知道了收音机主人的名字，但是她的说话声和收音机发出的噼啪声混在一起，我有些受干扰。

"我向您保证，医生先生，我不是在做梦！我听见了响声，而且那声音是从她那边传过来的。"

"玛利亚，实在对不起，我还是不太能相信。"

这次我听清了这个男人的声音，是那个替我说话的实习医生。我当时就想到了他的主管医生一定会让他来值夜班的，又或者他从来都没来值过夜班，因为这里什么也不会发生。

"您不相信我？"玛利亚怀疑地问。

她的伊比利亚半岛口音和我脑海中描绘出的形象完美地契合在一起。我想象她正用那双已经开始起皱纹的眼睛刺探着实习医生，仿佛要是医生敢对她有所质疑，她的目光随时会把他烧成一堆灰烬。但实习医生也不甘示弱。

"玛利亚，这位女士的病情已经没有希望了。我们也做不了什么了。"

"什么？您是在说你们准备撤掉她的仪器啦？就像隔壁的索朗日夫人那样？"

"上帝啊，玛利亚！您记得所有这些人的名字？"

"别动不动就喊上帝，洛里斯！没错，我还知道您的名字呢！"她回敬道，如同在向她的敌人亮出武器，"不然您以为怎么样？我们都用号码来称呼他们？我们可不是只打扫这些植物人的房间。"

"您是想换个科室么？"

我在心里，和玛利亚一样，叹了口气。年轻的医生终于明白了玛利亚到底想说什么。

"对，我们要撤掉她的仪器了。"他终于回答了。

"什么时候？"

"还不知道。"

"为什么？"玛利亚简直像警察审问犯人一样。

"因为她不可能醒过来了。"

"您怎么能确定？"

"医学是门科学,玛利亚!好吧,我不是来给您上课的。您去看一眼病历夹,床尾那个。这星期早些时候我们加上了一个特别批注。对,就是那个,您看吧!"

实习医生的怒气已经很明显了。我听到玛利亚用力地把病历夹从底座上扯下来,她也丝毫不掩饰自己的愤怒。

"看第一页,最下面那条批注,在右边的空白处。"

"我什么也没看见。"玛利亚回复道。

"不对,您看见了,您只是不知道那是什么意思。"

"这团乱写的字?也看不出是个箭头,还是十字。"

"那里写着'少于X',我们写了个'X',是为了看还剩几天,时间由亲属决定。"

"您胡说,这么做实在是太残忍了!"

"这是事实。我不得不亲自写上去。我并不比您感到好受多少,但就是这样。"

"就是这样?"保洁员重复了一遍他的话,"您知道吗,洛里斯?"

"什么?"

"您真令我失望。"

我想继续听下去,听这个年轻的医生辩解说一个保洁员的意见无关紧要,但是令我惊讶的是一阵沉默。在这沉默中,收音机仍然响着。

"我也一样,我对自己也很失望,但您想要我怎么样……"

我在想他会不会像上次那样失声痛哭,我非常希望他能控制住。

"您可以表现得像个男人,而不是一个傀儡。现在,您听我说,之后我说过的话,随您怎么处理。我刚刚在拖地的时候听到了声音,不是拖把发出的,也不是收音机的声音,也不是简单的呼吸声,听上去好像一个单词。"

"在经历了这么长时间的昏迷之后,她的声带根本没法发声。"

"我可没说她讲话了。"玛利亚没有放过他。

这次轮到实习医生发出了一声愤懑的叹气。我听到他在原地踱步,然后停了下来。

"很好,玛利亚,我同意快速检查一下她的机能,但这只是为了让您别再烦我!"

"啊，这下像个男人了！"

从玛利亚的话中我仿佛看到了一丝胜利的微笑，实习医生屈服了。他从口袋里掏出了两三样东西，而玛利亚则回到她的小车旁，好像什么也没发生过一样。此时此刻，我牢牢抓住刚刚这段对话给我的一点点希望。如果玛利亚没有虚构事实，那么就是说我成功地动了一下嘴唇，而且，多亏了一首歌。

实习医生俯下身来，我知道他应该是要给我做触诊，因为他把被单掀起来了。这一切我都只能用已经有些涣散的耳朵来捕捉。在他检查的时候，我把我的全部精力都集中在刚才的那首歌上面。我在脑袋里一遍一遍地播放着歌词和旋律。我在心底大喊着唱出来，然而似乎这一切都没能超越出我的大脑的疆域。这时实习医生又叹了一口气，停下了检查。

"很抱歉，玛利亚，没有任何变化。相信我，我也希望是不同的结果。但并不是这样，请您什么也别说了。"

我觉得保洁员很想打断他的话。

"我要回到我的岗位上去了。要是真的发生了什么事，您再来找我。"

"这就是真的发生的事呀！"

"这只是您个人的想法。而我只能告诉您，这不可能。"

"这只是您个人的想法。"她回应道。

实习医生出去了，之后玛利亚推着小推车也出去了。我明天早上再去想那一点点的小希望吧，现在的我，只想大哭一场。

十二

蒂博

　　这雪下得真烦人啊！平时我对下雪并不是很在意，今天我却被这雪弄得很心烦。要是这样继续下去，我会可悲地还没有开始周末测试，便遭遇惨败。朱利安让我晚上六点到他家。现在距离六点只有十分钟了。看看路上积下的厚厚一层白雪，我估计可不止开十分钟啊，要想准时到基本不可能啊。我这样龟速前进已经五分钟了，前面第三辆车还是一辆铲雪车。

　　我正准备打个电话，无奈地承认自己的失败时，我的电话响了。朱利安的名字显示了出来。啊呀……我都不能好好配合争取宽大处理了。我接起电话,咬紧后槽牙,在我的好朋友还没有来得及说一个字之前率先开口。

"朱利安,真对不起,我六点前怎么也到不了了。今天我倒是准时下班了,我把所有东西都放到车里了,就是为了不必再回家取,但是……"

朱利安爆发出一阵笑声。我没准还有机会能赶到。但是他声音以外的噪音让我感到很意外。

"等等,你在哪儿呢?"我问他。

"在车里,和你一样!"

"什么?你们已经出发啦?你们把克拉拉一个人留在家了?不对,我傻了,"我立刻纠正了自己,"你们最后决定带克拉拉一起去了?"

"你说什么呢,"朱利安惊讶道,"没有,计划一点儿没变!只不过下了这场雪,我得在出发之前额外买些东西,结果我和你一样被堵在路上了!该死的铲雪车!"

"你也在一辆铲雪车后面吗?"

"我就在你后面,那辆'爱因斯坦'车后面!"

我条件反射地回过头,并不担心前面行驶的车辆。我最终透过隔着我俩的那辆车的挡风玻璃看到了朱利安,并朝他招了招手。他打了两下车灯,算是对我的回应。中间那辆车的司机显得莫名其妙,最后才明白了我不是在和他打招呼。

"好吧,这下我安全了!"我说着转过头来专心看路。

"差不多吧!无论如何,加埃尔兴奋得不得了,心心念念地想过一个只有我们二人世界的周末,但是现在不只是出发晚十五分钟这件事让她抓狂了。可能路上会很不好走,还有……我之前给我们住的山庄打电话了,他们那里还没下雪,预报说是夜里才下。"

"那还好,这样你们还能省些麻烦。"

"下雪的事,你能说得好吗?"

我的回答呼之欲出,但说出去之前还是在我脑子里转了一会儿。我感觉我好像是想说点儿什么别的,但是话到嘴边,我却不知道想说什么了。

"我的好朋友和他妻子在这么个鬼天气出门,我还要在家照看他们不到一岁的女儿。你们要是出了什么事儿,我就收养了她,你看怎么样?"

"啊,你倒是挺好心,还担心我们俩!"朱利安开玩笑说,

"要知道教父就是干这个的。下星期你到教堂去签了字之后,你就有责任照顾我们的小心肝儿啦!"

"我会尽量忘掉这个责任的……"我继续和朱利安开着玩笑,"而且哪儿也不会白纸黑字写着,我在这种情况下,对你们的女儿有监护权。"

"加埃尔没跟你说吗?"

朱利安认真的语气让我一下子也幽默不起来了。

"等等,你说什么?是真的?"

"不是,没有啦,别担心,我跟你开玩笑的。"

"呼,那我就放心了!"

我这才意识到我的心在狂跳,我刚刚真的有些害怕。要是说工作上的责任,我很容易能接受。职场上的承诺不会对我有任何困扰。但是我生活中的责任与承诺已经被辛迪攫取得一干二净了。

"蒂博?你还在吗?"

"啊,我在。"

我有几秒钟大脑一片空白,朱利安有些担心。

"开着车打电话是不是不太好。"我回过神来说道。

"也不能因为二十迈的车速打电话就逮捕我们吧。说实话，你要是能看见哪个警察没在疏导交通，而是在开罚单，你就指给我看！"

"总之是不太好。你还有别的事情想跟我说？"

"你最近没再见过辛迪吧？"

朱利安这个问题把我问住了，我像个被割掉舌头的蛤蟆一样，张着嘴说不出话来。

"你怎么知道？"我吞吞吐吐地说。

"我今天才发现的，因为一说起责任来你就变得很差劲。"

不用问就知道为什么朱利安是我最好的朋友。

"见面怎么样？"他接着问。

我想了一会儿。怎么样呢？

"不怎么样，"我开口了，"糟透了。她变了，简直可悲。"

"等一下，蒂博，发生什么了？"

"她跑到我家里来了，还图谋不轨！"

我听见自己在怒吼。尽管这事已经过了一个星期，我还是没能消化掉那次见面的内容。

"你能说清楚点儿么?"

"说白了,她闷得慌了。够清楚了么?"

"她能做出这种事来?简直难以置信。"

"恐怕她还有很多难以置信的事儿。"

"那你做什么了?"

"我把她轰出去了,你以为我会做什么?"

有那么半秒钟的时间,我简直要被朱利安气死了,他竟然敢想到我可能会又一次在辛迪的魅惑面前把持不住,但是细想了一下,我的怒气渐渐平息了。就我现在的状况而言,这种事是很有可能发生的。

"对不起,蒂博。"朱利安向我道了歉。

"没事。"

"不,有事。我刚才甚至想到了你可能会回心转意,但我很快就不那么想了。"

"最重要的是你能不那么想了,而且说实话,你想的事也很有可能发生。"

电话里又是一阵沉寂,两个人都在思忖着各自的行为和想法。女人是无法想象我们脑子里在想什么的。有时候我们的脑袋就像一只空花瓶,但是我知道我的脑袋里经常是暴风骤雨。朱利安应该也一样。我俩仍然没说话,举着电话像两个傻子。女人们的看法可能也有点儿道理,她们只是用词不当,男人也不是完全头脑空洞,我们只是不知道该怎么应对思想上的暴风骤雨。

幸好,半分钟后铲雪车拯救了我们。

"朱利安?"我尽量用一种好像什么都没有发生过的语气说,"铲雪车停在路边了。我觉得前面的路通了,好像我前面的车也都开起来了。"

"好的,马上到家了。一会儿见!你不用想办法给我留停车位了,你就告诉加埃尔,我在楼下等她好了。"

六点十分,我终于下了车。朱利安把车停在旁边,打着双闪。我跟他挥了一下手就跑进了楼里。这次我车上的空调倒是工作了,但还是没有达到我想要的火炉一样的效果。我两阶一步地爬上台阶,感觉身上热乎了一些,也总算做了点儿运动。

加埃尔给我开了门,她穿了一身和星期三那天很不一样的衣服。我几句话跟她解释了一下情况,而她则指了一下门口放着的两个大包。我背起一个包,又拎起另一个,然后走向电梯。楼下,朱利安从车里出来了,后备厢已经打开。我把包递给他,他放上车,又检查了一下是否落下了什么。我突然想到了一个问题。

"你们的婴儿车放哪儿了?"

"克拉拉的?"

"不然你以为我说的是谁的?朱利安。"

"抱歉,这个问题太蠢了……"他笑着说,"在克拉拉房间的衣柜和墙之间,是折叠好的。你准备推着她出去溜达吗?我好像从来没见过你用婴儿袋以外的东西带克拉拉出去……"

"那是因为我从来没自己带过她,通常你或者加埃尔都在,而且是你们坚持要用那个婴儿袋的。"

"怎么,你不觉得还挺方便的吗?"

"是,确实挺方便的!我肯定也会用到的,只是我可能也会用到婴儿车。"

"你竟然能想到用婴儿车!好啦,你现在知道放在那儿了,我们相信你。那个车很容易打开,你不用太使劲。"

"上次婴儿袋你也是这么说的,我还是花了一刻钟才明白怎么弄。"

"别抱怨啦,之前加埃尔抱怨我总是用婴儿袋,最后我还是把婴儿车的图册给她了。"

我笑着想象他这是放下了多大的自尊才做出这样的举动,即使是我这位能干的老友,也要争取一点儿当父亲的自主权。

"好吧,我估计她还剩一个包要拿了,你了解你老婆,她非要自己去拿。祝你们周末愉快,替我好好享受。"

"你也应该时不时地出去玩儿一趟,还是挺好的。"朱利安合上后备厢,对我说。

"跟谁去?"我叹了一口气。

朱利安笑而不语,回到了车里。我临别前跟他挥了下手,转身上楼。

"还有什么需要我给你讲讲的么?"我回到家里,加埃尔问我。

"不用了,没问题。你快去吧。你老公已经调到白马王子模式在楼下等你了。"我亲了亲她的脸颊和她道别。

加埃尔抱了我一下，她一直都是这样。

"谢谢，蒂博，"她小声在我耳边说，"你不知道你能来我们有多开心。"

"别客气，我也很开心。"

"你要是也能有自己的家庭该有多好！"

"跟谁"，这个现成的答案已经到了嘴边，而且我一分钟之前刚刚用过，但我还是选择了另一个不同的回答。

"是啊，那样就好了。"

加埃尔往后错了一下身，一脸惊喜地盯着我看。我知道她为什么这么兴奋，这应该是我第一次大声表达出这个想法。所有人看到我和克拉拉在一起时的样子全都了然于心了，只是我从来没有就此说过什么。

"听你这么说我很感动。"她笑着对我说。

我把她送到门外，祝她周末愉快。我来回跑了两趟，还没有见过我的教女。克拉拉正待在她的小天地里安安静静地自己玩耍。我走过去把她抱在怀里，她一点儿也不重，几公斤的体重我还是应付得来的。

我走到窗边，看着她玩自己的手指头。我也不知道朱利安和加埃尔是不是已经顺利出发了,他家的所有窗户都朝向另一边,看不到马路。雪还在下,积雪反射着橘黄色的路灯,给城市染上了奇怪的颜色。这会儿还没到六点半,就已经像是夜深人静时的光景了。朱利安问我的问题又回响在了耳畔,我被自己的思绪弄乱了。什么时候下雪也会让我如此心烦意乱了?

  我或许清楚答案,但它令我感到害怕,于是我把它扔到一边,转身回到沙发上。

十三

埃尔莎

我父母都来了,不只是他们,还有主治医生。这个混蛋医生真让我恶心,我现在非常想认真地把白大褂塞到他嘴里去。

一听到他的声音,不用多想,我就知道他又是来谈那个著名的"还剩几天"的。这件事已经被提到日程上来了,而且是以这样急切的方式。"急切"这个词都不足以表达他的心情。如果有一个词能同时表达漫不经心、直截了当和冷漠无情的含义,那么它恰好能说明这位医生的表达方式。

"请您理解,夫人,确实没啥希望了。"

注意你的用词，蠢货！你还知道用"夫人"这个词。你要是想提前宣布我的死讯，麻烦至少懂点儿礼貌，把话说漂亮些！你好歹是个医生，听上去却像个美国西部片里没教养的牛仔！

这个惹恼我的医生，他在我脑海里确实就是这副德行：白大褂的扣子全部敞开，一只手插着腰，另一个胳膊肘倚在墙上，身上穿件旧T恤，而且如果他下面穿着医生的西装裤，而不是破牛仔裤，我就把自己的手砍下来。好吧，这都是我的想象，但他很可能就是这副模样，一个不修边幅的混球。我很奇怪为什么我父亲还没做出反应。

我母亲已经痛哭了好一阵，她哭得几乎没怎么出声，只有在她说话的时候我才能听出来，她说的每一个字都断断续续的。这也挺奇怪的，因为一开始分明是她先接受要撤掉我的仪器的。但是看她难过的样子，不知道的还以为她是反对的那个。

"真……真……真的没……没有一点儿希望了吗？"

她的声音完全失控了。我希望我父亲这会儿知道上去扶住她的胳膊，至少是拉住她的手。我母亲整个人都崩溃了，这倒并不多见。她应该是在颤抖，这样就更加真实了。我默默地祈祷我父亲能扮演好丈夫的形象，虽然我很怀疑我的祈祷能不能奏效，但至少我听到他有所行动了。

"安娜，你先冷静一下，好好想想。"

我伟大的父亲给出了一个非常理智的建议，但这并不是我期待听到的。

"您能给我们一点儿时间吗？我夫人需要平复一下情绪。"

医生哼唧了一声，应该是表示可以。我说什么来着……没教养的牛仔。对了，我的实习医生去哪儿了？他说话、做事应该更有分寸一些！无论如何，要是他也能来一起痛哭也好啊……到下午这里就要泪流成河了。

医生出去了。我又默默地许了一个在一分钟之内随便发生什么，能让他摔断腿的愿望。但是五分钟过去了，什么也没有发生，因为当他回到房间里来的时候，我没有听见他挂着拐杖的声音。

"您想好了吗？"

可不是么！你认为五分钟的时间足够他们做这样一个决

定了！我知道与其在这里生气，还不如赶快抓紧练习大脑指令，好坐起来跟他对质。但是没用，我已经被情绪冲昏了头。只有和蒂博在一起时，我才能把这些情绪化作行动。而现在，我就像一团暴怒的飓风。等等，我想了一下……愤怒难道不是身体的一种化学反应么？这就是说我开始恢复了？但我是学地质学的，又不是学医的，我怎么会懂这些！我迫不及待地想听到我父母的回答。

"没有。"

我父亲的回答简单明了，但我真心希望他能一拳揍在医生脸上。我不知道自己为什么突然变得这么有攻击性，很明显我发泄的目标就是那个医生。或许这是我求生的本能？总之，我的未来全部攥在这个男人手里，他给出的结论关乎我的性命。如果他成功地说服所有人，撤掉我的仪器，那我就……

不，我不想再想后面要发生的事情。至少现在我还在，我还能听见。至少今天，我还活着，我还想活下去。

"好吧，"医生回答，"您完全有理由犹豫，我很理解，但是要知道您的决定拖得越久，就越痛苦。"

这话听上去就像电话答录机里事先录好的一样。"这里是某某医生的语音信箱,您可以在'哔'一声之后撤掉您女儿的呼吸机。"

"大夫,您有孩子吗?"

父亲的话把我拉了回来。我感觉我想象中的那一拳就要变成一句尖锐的话,以同样的效果丢到他脸上。

"有,两个。"

骗子……

从某种意义上来说,只能通过听觉来感知,也是很了不起的。在这种情况下,所有能够发出声音的事物,都开始有了一种特别的意味。七个星期以来,我已经发现人们说的话在我这里自然而然地被赋予了色彩和质感。我妹妹在讲感情上的事情时,她声音里充满了过剩的荷尔蒙,就像一块令人作呕的红色天鹅绒。我母亲的声音就像一块紫色的皮革,努力地想让自己显得很结实,却如同一只旧手提包一样,满是裂纹。而这位沉闷又粗俗的医生就像工地上的一根大铁棍子。在这其中,我很幸运地拥有一道彩虹,这十天来时不时地出现。蒂博每次都会带着充沛的情感和新鲜感驾临。我没法给他指定任何一个颜色,他是那样的闪耀,让人看得出神。我让思绪停在了这条彩虹之上，感觉充满了诗情画意，比其他那些恶心的声音不知道要强多少倍。

总之，这个医生是个大骗子。从他刚才的回答中，我能听出他在说谎。他绝对没有两个孩子，有的话估计也只有一个。在我看来，他顶多就是有个女的和他在一起。毫无疑问，这个回答和他之前说的话一样夸大其词，就是为了堵住对方的嘴。他估计一定是听多了"是吗？您没有孩子？那您怎么可能理解我们要怎样做出这么一个决定"！

这是我第一次对这个让我厌恶至极的医生做出了理性的判断，我自己都有些惊讶。不管怎样，我接受不了一个医生没有救人之心，反而对人之将死表现得无动于衷。他自己的内心能过意得去吗？实习医生曾经表现出的是纠结，而他表现出来的却是全然的冷漠。也许是因为这种工作做久了，人就会变得麻木。这倒是真的，我也想不到其他原因了。这也肯定不是他第一次做出同样的决定。可惜，在别人看来，他似乎已经束手无策了。可我知道不是这样的，总还有些什么的。至少，我，我还能听见。

我父亲没有听出医生在撒谎，没能用言语给他一记响亮的耳光，转而小声地安慰起我母亲来。

"先生，"医生知道他已经没法从我母亲嘴里得到半个字了，转而向我父亲试探道，"这是文件。我知道您二位没有做出任何决定，但有时候，看看书面的东西是有帮助的。我不是要您今晚就填好，先看一看吧。或者可以放在桌上，时不时考虑一下。不管怎样，您都可以给我打电话，随时。这张插页下面有我的联系方式，随时都可以。如果电话打不通，那就是我在忙。我专门预留了这条线路来接听这样的电话，我会尽全力来帮助病人的家人的。"

这一次我不知道该做何感想了。我感觉我正在慢慢恢复理智。他的这番话说得非常职业，但我从心底还是更希望由那位实习医生来负责整件事。至少我听到有人对他说过"我爱你"，这说明他有一颗鲜活、跳动着的心。我并不是说主治医生没有心，就好像他的声音让我感觉像是一根铁棍，他把自己的心也关进了一块冰冷而又坚硬的金属当中了。

父亲一把抓过那些文件，医生跟他们说了再见。我隐约听到他们在小声说着什么，之后就只剩下母亲痛哭的声音。父亲应该是抚摸着她的头，她才渐渐平复下来，又走到了我的床边。她可能是拿起了我的手,也可能只是看着我。我没有再听见什么。我睡着了。

十四

蒂博

"朱利安！我恨死你了！哎呀！"

我的咒骂马上应验在了自己身上。上一秒我刚发泄了对这辆婴儿车的仇恨，就被它夹了手指头。

克拉拉在床上自己玩耍。当我发现这不是那种晃一下就可以自己打开的婴儿车时，我就把她放回了床上。我往后退了一步，把这艰巨的任务先放一放，看了一下手表。照这速度，我根本没有时间做完所有事。

算了，我下次再用婴儿车吧。我打开衣柜，拿出了婴儿袋。用这个至少可以避免一场恶战。我瞥了一眼那辆顽固的婴儿车。小东西，今晚我要让你知道我的厉害。晚上等我研究好说明书，看看谁才是笑到最后的。我肯定不想去打扰加埃尔和朱利安，这事儿我要一个人搞定，而且我在客厅桌子下面找到的说明手册就已经是很好的帮手了。

我驾轻就熟地穿好婴儿袋，把所有扣都系好，然后抱起克拉拉，在她额头上亲了好几下，把她放了进来，再把带子调整好，这样我们就可以出发了。尽管在婴儿车上遭遇了惨败，但我还是感到很自豪。

外面天色阴沉。昨晚下的雪已经被来往的汽车轮胎碾化了，剩下的积雪也已经被尾气熏得失去了光泽。天阴暗得可怕，一天之内天气变化这么大可有点儿吓人。昨天还在下雪，今天就感觉暴雨将至了。这就是我为什么想用婴儿车，要是下雨了，上面好歹有个遮挡。现在我手里有把大雨伞，如果雨下得再大些，我还可以把我的防水外套盖在克拉拉身上，不过我想雨伞应该就够了。

我走在人行道上，积雪已经被清理得干干净净，这样我就不会因为路滑而大大减速了。我遇到了几个和我年纪差不多的年轻女人，她们一看到我这副"滑雪服奶爸"的形象就立刻心生怜爱。只有克拉拉的存在能证明我不是要去滑雪。

　　如果她们当中有人冲我微笑,我的那本《你是主人公》小说就会翻到第六十页:"礼貌地微笑,没准儿会有艳遇。"我固执地翻过这一页,看后面的提示(上面写着"走你自己的路"),同时在想她们看见一个男人抱着婴儿有什么可稀奇的。没准她们觉得我不仅是"滑雪服奶爸",还是一个"外星人"。

　　从朱利安家去医院路要近多了,不需要开车,也不需要去接我母亲。我跟她说好了,其实是她跟她的一个朋友约好了一起去。因为有了克拉拉这个完美的借口,我可以不用逼自己去医院看弟弟了。只要等我母亲离开医院就好了。现在已经是下午四点了,时间刚刚好,她应该已经看完了。可能她的朋友会有心事要邀她到家里聊聊,甚至她们会一起吃晚饭。这样我母亲会很开心的。这对大家都好。

　　我很快就到了医院。我的小克拉拉满眼好奇地注视着周围的一切。在她这个年纪,一切都是那么的新奇。我给她穿了足够的衣服,而且一直在快步往前走,我们两个都没来得及感觉冷,就已经到了医院。我没有走楼梯,而是钻进了电梯。

Je suis là

我又一次赢得了和我一起困在这个狭小空间内的女性们充满好感的目光，无论多大年纪。

我和一个三十多岁的姑娘目光相交。她长得很漂亮，很耀眼。她的脸庞容光焕发得甚至有点儿像人造娃娃。她看着我对克拉拉轻声细语地说一切都好，眼神里充满了希望。我不太明白她为什么会是这副神情，直到看到她和男友下电梯走向了产科。

到了第五层，我刚要准备下电梯，所有人都让出空间，甚至紧贴着电梯给我让路。我使劲忍住，直到电梯门在我身后关上才笑出了声。

"你看见没，咱俩多有魅力啊！"我逗着克拉拉的小鼻子，对着她自言自语。

突然，我听到一个熟悉的声音。我抬起眼睛的一瞬间就开始感到难受，肚子里针扎似的疼。走廊的尽头，我母亲正推着一把轮椅，轮椅上坐着一个人，我弟。我听出了他的声音。楼梯间就在我左手边几米的地方，但我还没来得及往那个方向迈出一步，我母亲就看到了我。

"蒂博？"

我听出了她的惊讶,以及这个简单的疑问里承载着的许多东西。这是一个母亲,或者说是一个女人的天赋,就是能把千言万语汇成简单的一个词。比如说这一声"蒂博?",包含着:"你来做什么?""你为什么来了?""你改变主意来看弟弟了?""哎呀,是克拉拉,她多可爱啊,我来跟她打个招呼!""你怎么来的?""你之前不是说过不来的吗"?我就不一一列举了。

此外,这声"蒂博?"足以让我临危不惧地,像棵树一样站在原地,等着他们这个小车队缓缓向我靠近。我已经动弹不得了。

"来,"她走到我身边说,"这是阿梅丽,是她陪我来的。我们在她家磨蹭了会儿,所以我今天来得晚了。你是来找我的?"

要知道,我母亲刚刚救了我一命,至少是为我保全了颜面。我正完全不知道该如何解释我为什么会出现在医院。

"我刚才给家里打电话,你没在家。我有点儿担心,通常这个时间你已经回来了。"

"哦,亲爱的,"她边说边抚摸着我的脸,"我可能是在阿梅丽家,你知道的。你为什么没打我手机?"

"你总是关机,我都没有想到要给你打手机。"

"我给你买手机是干什么用的?"

刚刚插进对话的这个声音像一把匕首一样插进了我的胸口。我闭上眼深深地吸了一口气。克拉拉一直挡住了我母亲推的轮椅上坐着的那个身影。但是现在我弟弟开口说话了,我不能再一直装作看不见他了。我睁开眼睛,慢慢地把视线移向他。

"你好,西尔万。"

"嘿,蒂博!有阵子没在这儿见到你了!"

我很想叹气,但是努力忍住了。我弟弟,他还是他。我不明白我为什么会奢望一次车祸就能改变他。他不用这种嬉皮笑脸的态度就没法好好说话,要想和他进行一次严肃的对话简直就是永恒的挑战。

"你自己知道为什么。"我盯着他的眼睛说道。

我弟弟和我长得并不像。他那栗色的头发总是比我的头发更加服帖,而且他那双蓝色的眼睛,会让许多女孩为之倾倒,而我却从来没有这个福气。这时我发现他脸上有几道伤痕，右边眉弓上还有一道。我在他身上打量了一番，他的一只胳膊打着石膏，两条腿装着夹板。医生说过当时车的仪表板基本上折压在了他的膝盖上。我有一次磕到了膝盖，都觉得疼痛难忍，难怪我弟弟疼得失去意识，昏迷了六天。无论我怎么对他反感，他也算吃到苦头了。但是疼痛不足以让我原谅他。

"还是那么温暖人心啊。"他开始了。

我就知道等待我的是这样傲慢无礼的调侃，但他的口气意料之外的冷漠，感觉他好像受到了伤害。这不像他，他一定是想骗得我的同情。

"还是那么不操心啊。"我干巴巴地回答。

"好了，你们两个！"

我以为我们应该是被我母亲喝住，但其实不是。是她的朋友出面了，她看看我弟弟，再看看我，眼神里明显地显露出不满。我才看到我母亲的手，从刚才开始就紧紧地攥着轮椅的扶手。

"对不起，妈妈，我本来不想……"

我弟弟和我同时停住了，从今天见面开始，我第一次感受到把我们连在一起的血脉亲情。我们两个同时说了同样的话，我母亲的眼睛都瞪圆了，但是这魔力并没能持续多久。一个呼吸之后，一切都烟消云散了。

我握了握她的手，好让她安心。她看着我，泪水马上就要涌出来了。我亲了亲她的脸颊，在她耳边轻声说：

"对不起，我还没准备好。"

这时克拉拉开始手舞足蹈起来。我母亲和阿梅丽的注意力立刻就被我那可爱的教女吸引过去了。我开始回答她们的各种问题，她的健康，她父母的周末外出，以及我怎么带她。她们两个交换起那会儿自己带孩子的心得来了，我心不在焉地听着，眼睛一直盯着克拉拉的小手，她在试着抓我衣服上的拉链。

"朱利安和加埃尔好吗？"我弟弟低声问。

这次他全新的说话方式和以往我熟识的他完全不同了，我也不知道要不要发作。

"你问这干什么？"我一直看着克拉拉。

"行了，蒂博，你就不能回答我的问题么？"

"他们挺好的。"

"那他们不在的时候,你来照顾他们的女儿?"

"这不是显而易见吗?"

"蒂博……"

这应该是我这辈子第一次听见他叹气。通常他都会发出一阵没完没了的怪笑,咧着嘴笑到我想把他的嘴撕了。但这声叹气听上去还算诚恳,我或许也该做些努力。

"今天是我来带她,这是头一次。"

"你看上去挺得心应手的。"

他的语气又一次让我窘住了,我低下头看他。他用一种奇怪的方式在观察克拉拉。肯定不像我看她那样,但是我好像在他的眼神中看到一丝非常难以察觉的喜爱和愧疚。

"你是在练习吗?"他又开始嬉皮笑脸了。

很明显,他的笑并不是发自内心,好像在掩饰什么。这就像听了冷笑话之后的假笑,还是特别冷的那种,而他随即就变回一副面无表情的样子,有点儿吓人。他的态度让我难以理解,我也不知道该如何回答。

我可以用"不是"来回绝他,这会招致他对我长篇大论的嘲笑。我也可以说"是",这样一来,我肯定会遭到一大堆问题的轰炸。所以要回答这个问题，需要谨慎地字斟句酌。

"我借机感受一下。"

这个答案出乎他的意料。我想这是很久以来我第一次让他如此惊讶。他没有回答，只是盯着我和克拉拉看，之后他的视线就离开我们，飘到走廊尽头去了。我的肚子一阵绞痛，嗓子也干涩了起来。我意识到我想继续和他说点儿什么，却说不出口。于是我一言不发地等着我母亲和她的朋友结束了她们的对话。

"你和我们一起走吗？"她试探着问我。

"我……"

"你总不是想留在这儿吧！"

"我需要……自己一个人想想。"

我瞥了一眼我弟弟。西尔万仍然盯着走廊的另一头，那边只有一扇能看到外面的窗户。我觉得他并不是在看什么有意思的东西，只是在看飘过的云彩。可他更像是沉浸在自己的思绪中。母亲曾说过他在好好地反省，或许我应该相信他。总之我从来没有和他有过真正的对话。

"好……随你便吧，"我母亲回答道，"你至少和我们一起坐电梯下去吧？"

幸好我已经有足够的时间来思考，怎么能留在医院里而不让所有人都发现我的秘密。

"我还是走楼梯吧，你知道的。"

"啊。"

她的失落显而易见，但我实在想离开这里，只得这样说了。她难过地对我笑了笑，用力推着轮椅往前走。她的朋友冲我点了一下头，而我弟弟的眼睛一直空洞地看着前方。

我一动不动地站在那里，直到电梯门在他们身后关上。我的心里犹如一团乱麻。当电梯"叮"的一声响过之后，我就像一座刚刚上好发条的时钟，又可以运转了。我轻轻地抚摸着克拉拉头上戴的小帽子，转身大步走向我的归宿。我已经看到了那张用胶带粘在房间号码下面的雪山照片，甚至知道这是在哪里拍的，我上个周末在网上查过了。

我一只手抓住了门把手，另一只手准备推门，同时深吸了一口气。不知道为什么，我感觉很紧张。

十五

埃尔莎

　　一个新的声音悄然降临。她是那样的明亮,又纯洁无瑕。就像刚刚飘雪时,落向我的一朵金色雪花。这算是我听过的最好听的声音之一,当然还有那个更加低沉的嗓音,在这个房间里窃窃私语。一道彩虹和一朵雪花,这两者在自然界的气温下恐怕无法共存,却同时在我的房间里绽放了。

　　一段鲜活的回忆又被唤起。是的,我曾经见过这样的景象,是在一座冰川上。那天夜里下了雪,第二天太阳升起的时候天空是那么明朗,雪渐渐融化成水,从冰面的水道上流下来。融化的雪水像蛇一样蜿蜒流淌,在冰川的一个小裂缝处形成了一条小瀑布。当阳光从一定的角度照射下来，正好映出一道彩虹。所以雪和彩虹也可能同时出现。

我想微笑，为了这段回忆，也为了蒂博带给我的这份美好的礼物，一个小生命。然而顷刻间，一切都崩塌了。蒂博带着个小婴儿！我的大脑开始飞速转动，瞬间想出无数种可能性。我的心情也一下子跌入谷底，好像要喘不上气来。

我开始害怕了。那种被深埋在雪下的感觉又回来了，就像今年夏天发生过的一样。周围的一切都向我压过来，我无法喊出心中的恐惧，脑海里早已刮起一阵心碎的风暴。我已经十天没有做过那个可怕的梦魇了，可眼下却正在经历着和清醒时完全一样的感受，一种纯粹的恐惧。

在这风暴之中，远远地，我仍能听到一个声音，被淹没在鬼哭狼嚎的风声里，却从四面八方穿透了我的身体。我聚精会神地听着这个声音，努力赋予它一个颜色，一种质感，一丝味道，只求它能把我带出这不安的监牢。我尽力地集中精神，想要把那次事故的回忆赶走。可每当我用力把回忆远远推开，它们很快就又会回来，而且更加来势汹汹。我在心里呼喊着，到底谁能来救我！突然间，一切都停止了。

"埃尔莎！埃尔莎！天哪，发生什么事了？"

我的彩虹开始摇曳，颜色也变得晦暗。蒂博显然是吓坏了，小宝贝也开始哭了起来，声音十分混乱。我本以为我会受不了，尤其是这些声音就在我的耳畔，但其实不然，我反而感觉无比的踏实。我听见手表指针的嘀嗒声忽远忽近，听见有人在抚摸我的头发，还一直在轻声呼唤着我的名字。

"埃尔莎，埃尔莎，埃尔莎。"

小宝贝哭得更大声了，随后我周遭的声音都消失了，只剩下一个声音。

"对不起，克拉拉。我很担心埃尔莎。嘘，嘘，别哭了。"

小宝贝轻轻抽泣了几下，几秒钟后恢复了平静。看来不止我一个人被蒂博的声音迷了心窍。这时，房门突然大开，随之是急切的说话声和脚步声，进来了两个人。一切都发生得电光火石一般。

"啊……您在这儿？"

是实习医生。他的声音里夹杂着惊讶和愠怒。

"您快看看她这是怎么了！"蒂博说，"用不着管我在不在！"

"婴儿会影响我的诊治。"实习医生说。

"不可能,我要留在这儿!"

"大夫?"

一个女人的声音,是护士,她一定已经开始检查我身上的仪器了。

"说。"实习医生回答。

"有几根线被扯断了,但是一切体征稳定。"护士说。

"什么?"

"我重复一遍,一切体征稳定。"

"就是说她没事儿了?"蒂博打断了他们。

"您简直无可救药!"实习医生很不满地说。

"嘿!她刚刚经历了一次严重的痉挛,我以为她要不行了!"蒂博的声音让整条彩虹都变成了愤怒的红色,"您觉得我应该怎么表现?"

"您刚才动什么了?"

"我?什么也没动!"

"这些线都断了,您告诉我您什么也没动?"

"她刚才都快坐起来了!那么严重的痉挛,您那几根破线肯定会被扯断的！"

"就是这几根破线在维持她的生命！"

"那为什么现在一切体征正常？"

小宝贝又尖叫着哭起来。蒂博的注意力转向了孩子，他轻声细语地哄了她一会儿。实习医生则转向了护士，我听到他们说了一些专业的词，随后是一些插拔管子、调整输液和整理床单的声音。小克拉拉也终于安静了下来。

"对不起。"实习医生说。

我知道自己现在一切正常了，但与此同时，我希望我的求生本能能够在关键时刻拉响警报，万一我要是……我很快就停下来，不再去想了。

"对不起，我刚才发火了。"蒂博的声音已经恢复了平常的音色。

"您刚才说她痉挛发作了？"实习医生接着问。

"只持续了一秒钟，但我觉得是我这辈子经历得最久的一秒钟。"

"您能描述一下您看到的情况吗？"

蒂博短暂地沉默了一会儿，在整理思绪。护士在继续着她的工作。

"一切发生得太快了。当时我想把克拉拉的帽子摘掉，这时那个脉搏感应器，您上次给我讲过的，开始一阵狂响。下一秒钟，埃尔莎不可思议地整个人蜷缩了起来。就像我跟您说过的，她发作得十分剧烈……我没有注意感应器和输液管的情况，我当时全部注意力都在她身上。"

"我理解。"

实习医生向护士交代了些什么，接着说：

"您刚来的时候没发生什么特别的？"

"没有。说实话，我刚进来不到一分钟就发生了。我还没来得及把婴儿袋摘下来，您都看见了，她一直在我身上呢。您能给我一分钟时间吗？"

"好的。"

啊，原来如此，克拉拉，这朵金色的小雪花，原来一直趴在蒂博的胸前。这就解释了为什么她的声音离得那么近。

"这是您的孩子吗？"实习医生问。

有那么半秒钟的时间，我的整个灵魂又激动起来了，一阵风暴又搅乱了我的脑海。

"不是，是我朋友的孩子。"

一切都风平浪静了。克拉拉不是蒂博的女儿，总算放心了。想到这里，我不禁在心里打了自己两巴掌。我怎么就这么没出息？就算蒂博是金色小雪花的爸爸，跟我又有什么关系？我应该头脑清醒些，掩饰一下自己的感情。我对蒂博的依恋，已经快让我想把他据为己有。

"好的，"实习医生说，"不过，您知道，这个科室通常是不能带婴儿来的。"

"我之前不知道。我还可以在这儿待会儿吧？"

"今天我就睁一只眼闭一只眼了，下次就不要带孩子来了。"

我觉得护士好像已经检查完了，我听见她把我的被单盖好，把剩下的感应器放回原来的位置，我听到了感应片从底座上扯下来的金属声。

"大夫，您来填一下跟踪记录？"

"麻烦您帮我写一下。"

实习医生说了一段叫人听不懂的术语让护士记录，护士递给他签字，之后就走出了房间。蒂博的心情应该也没那么紧张了，我听见他开心地举着克拉拉玩儿。这次我想他应该不会连鞋都脱掉了。既然他带着小宝贝来，就肯定不是想来这里睡觉的。

"您还没有回答我的问题。"他突然说。

"什么问题？"实习医生很惊讶。

"既然这些线都扯掉了，她怎么还能呼吸？"

"她的器官可以维持差不多两个小时，在此期间她可以自主呼吸，而且她的生命功能也足以支撑这段时间。但是超过两个小时，她就需要仪器辅助了。"

"这样正常吗？"

"这种情况很常见。在我们看来，这说明她的身体还没有恢复，还需要继续昏迷。"

没错，这就是为什么比起那个主治医生，我更希望由他来和我父母讲撤掉仪器的事。他的表达没有那么直白，而是把我的昏迷说得像是某种自然而又良性的疾病。

"您知道她大概还有多长时间吗？"蒂博问道。

"这个问题我无法回答。"

"为什么？您不知道？"

"因为您不是她的家属。"

实习医生的语气里带着歉疚。我感觉他想多透露一些,但他管住了自己的嘴。

"我就不打扰您看望她了,"他最后下定决心说道,"祝您心情愉快。"

"您也是。"

实习医生走出病房,只剩下克拉拉、蒂博和我。我仍在为刚刚发生的事感到震惊。接下来是一阵沉默,就连小宝贝的"呀呀"儿语都很小声。我不知道发生了什么,只感觉我的彩虹变得黯淡无光了。

十六

蒂博

我要冷静。不，我很冷静，只是我要好好理清思绪。朱利安说得对，我爱上了一个昏迷中的姑娘。这简直太疯狂了。但是当我刚才看着她睁大了双眼，被可怕的痉挛折磨时，我的反应几乎是下意识的。

下意识……我被自己吓到了，特别是当我听到自己口中小声说着：

"埃尔莎……我其实根本就不了解你，但是……"

我的话停在了嘴边。只是这一次，我其实不是在和躺在这间病房里的她对话。呼之欲出的那句话已经在心里成形，但我感觉没有说出来的必要。我意识到现在的我，应该和十分钟前我弟的样子一样。虽然想到我们之间会有相似之处让我感到反胃，但我现在的样子，确实像他刚才那样，目光游离地看着窗外灰蒙蒙的天。

克拉拉在我的怀里乱动，我准备找个地方把她放下。我发现我这个没有经验的教父简直错误百出。我先是很自私地把她带到了医院里来，而且我也没有想到要带一块毯子和玩具什么的让她有的可玩。我只是计算好了喂奶和换尿布的时间，根本没去想其他的。现在唯一的可能就是把克拉拉放在床上，放在埃尔莎身边，但是我需要腾出一点地方来。

我把大衣铺在地上，把克拉拉放在上面，好为她在埃尔莎一动不动的身体旁腾出一块舒服些的地方。我在床前愣了一会儿。埃尔莎看上去是那么的平静，根本看不出刚才身体蜷缩，双手强直，面庞僵硬的样子。

尽管我希望痉挛没有发生过，但这次发作至少有一个好处：我看到了埃尔莎的眼睛。那双浅蓝色的眼睛和这次发作一样地震撼着我。我想了一会儿，终于想到了我曾经在哪里见到过这种颜色。那张贴在门上的照片。她行走过的冰川上的蓝色。

在看到那张照片之前，我从来没有想过冰也可以是蓝色的。对我而言，如果水足够纯净和清澈的话，冰应该是白色的，或者说是透明的，就像冰箱里的霜和酒吧里的圆冰块。我能想到的例子并不太多。除了添加色素的食品之外，我从来没见过蓝色的冰，而且我觉得那很不健康。但是从那张照片上，我不禁为大自然的鬼斧神工所倾倒。由于生态学的缘故，我以前做过关于两极地带浮冰和冰川的案例研究，但那不是我的专业方向，所以在大学的头两年就浅尝辄止了。之后，我就开始关注其他领域了。埃尔莎让我又回到了彼时彼地，回想到了有关冰的事情。

我摇头叹了口气。我遇到埃尔莎已经十天了，这十天来我的世界都在向她倾覆。我不期待能很快再看到那双冰蓝色，却并不冰冷的眼睛，但我期待着有一天能再看到。刚才实习医生不想回答我的问题，可能并不是因为埃尔莎还要沉睡很多年，他只是不敢告诉我，她还有三个月就能醒来了。三个月，对有些人来说，是很长一段时间。

不过，他倒是给了我一些不可忽视的重要信息。埃尔莎在没有这些电子仪器的情况下也能活两个小时。上次来的时候我已经弄清楚，她的生命有很大一部分是在靠各种仪器维持，但我不知道把它们拿掉一会儿也是可以的。

现在我知道了这个信息，有了一个主意。我走到她近前，找到了人工呼吸器的连接线。想到我接下来要做的动作，和这个动作可能引发的不可逆转的后果，我就不寒而栗。但是五分钟前我已经得到了证实，在一段时间内，不会发生什么可怕的后果。

我咬紧牙关，闭上眼睛。咔嗒。我刚刚把连着呼吸机的透明管子拔了下来，但仍能听到一旁的监视器发出规律而正常的哔声。我不敢关掉仍在抽气的呼吸机，医疗小组应该会对这些仪器做远程监控的。

我整个人越过床，把输液的架杆挪开，又拔掉了两三根别的线，下面就该挪动埃尔莎了。最后，我把手伸向了夹在她食指上的脉搏感应器，如果我不想惊动护士急忙赶来，那留给我的时间真的不多。

我的一只手已经伸到了埃尔莎身下。从上次试图挪动她到现在，我的力气并没有见长，就算肩膀抽筋也好，今天我无论如何都要成功。我准备就绪之后把她抬了起来，同时摘掉了她手指上的感应器，随即我的另一只手马上抱住了她，我用尽吃奶的力气，发出一声低吼，把埃尔莎挪动了二十厘米。

我惊出了一身冷汗，迅速地把脉搏感应器放回她的食指上，把我之前拔掉的线和管子接上，把其他线整理好。大功告成，埃尔莎看起来和几秒钟前一样，只不过移动了二十厘米。唯一一个不够完美的地方就是与此同时我的肩胛骨开始抽筋了。想到这还是值得的，我也就忘记了疼。

我起身看了一眼克拉拉。我的教女正乖乖躺在原地，两只眼睛已经开始昏昏欲睡了，大衣厚厚的里子对她来说就像温暖柔软的床垫。光是想象了一会儿，就可以把我的睡意勾起来了，可能是刚才运动了一下起了作用。

我抱起克拉拉把她放到床上，放在埃尔莎旁边。她兴奋地手舞足蹈，床毕竟要比我放在地板上的大衣软和得多。我以最快的速度脱掉鞋，坐在床边，开始研究。我知道加埃尔和朱利安有时会躺着睡，让克拉拉趴在他们的胸脯上。但是我对自己不太放心，特别是地方又这么窄。算了，我就躺在边上，克拉拉在我和埃尔莎中间，这样她无论如何也不会掉到地上。

Je suis là

问题就是我不能睡。看着克拉拉渐入佳境，小嘴里流出了口水，困意就不由得一阵阵袭来。但我要保持清醒，好好守护她。我躺在了床垫的边缘，好给克拉拉留出尽量多的空间。可我实在觉得，就算我贴近一点儿，她也不会知道的。看到她的小手渐渐不动了，我知道她已经进入了梦乡。

我的目光于是游荡到克拉拉旁边的那个人身上。埃尔莎的右臂位置有些奇怪，我这才想起来是我刚才挪动她的时候把右臂放在了她的肚子上。我轻轻地拿起她的手臂，放到她身体的一侧，好像怕吵醒她似的。而她身体的另一侧是克拉拉，尽管我做了一番思想斗争，但还是觉得应该让我的教女紧挨着埃尔莎毫无反应的身体，她睡得纹丝不动，丝毫不会受到打扰。于是我沿着克拉拉弯成了一个蚕茧形，我的脚贴着埃尔莎的腿，我的额头贴着她的肩膀。

我们挨着如此之近，她身上的茉莉香气更浓了，还是说香气是透过床单散发出来的？我闭上眼，一时间突然很想哭，我还没来得及控制，就已经痛哭失声了。我感觉自己好像一张嘴，就能把所有的痛苦都呕出来。

我是多么软弱，多么可悲啊。我必须要躺在一张医院的病床上，在一个深度昏迷的女人和一个婴儿的身旁才能尽情地哭出来。上个星期朱利安和我一起的时候，我已经哭过一次了，但这次不一样。这个房间里的她们俩都无法告诉别人我哭出了多少眼泪，发出了多么痛苦的呻吟。我可以尽情地哭个够。

我的眼泪止不住地流。我为我的傲慢、软弱和嫉妒而流泪。因为我一直不愿和弟弟说话，也因为面对加埃尔和朱利安时的那份嫉妒。我是如此羡慕他们这和谐的一对，和他们美满的小家庭。我梦想着也能拥有这一切。可当我带着他们可爱的女儿来医院这一路，每当有女人冲我略带温柔地微笑，我却总是低下头躲避她们的目光。

突然间一阵寒意向我袭来，我知道那只是我的精神作用罢了。我并不是真的觉得冷，只是渴望有一双手臂能环抱着我，给我安慰。我的母亲和朱利安都没法给我那双手臂的温暖，更不用提我的弟弟。现在唯一能够给我温暖的就是距离我几厘米之外那双毫无反应的手臂，而且我清楚地知道我为什么这样想。原因简单而明了。我现在无法得到这双手臂。

如果我想得到，就要鼓起勇气，做出人生中第一次抗争。

　　我之前的一切都来得太顺利了，无论是考试、学业这样的人生阶段，还是和别人成双入对，都来得那么顺理成章。即使是和辛迪的那一段，我也没有费太大力气。现在退一步看，仍然可以说我们开始得相当顺利。而且她也给了我足够的理由去恨她和接受我们的分手。这些都没什么显而易见的影响，而我选择了忽略。我之前也打算过要重整旗鼓，找一间新的公寓，结果这成了我唯一实现了的目标。我沉浸在弟弟的车祸中不能自拔，但现在可能是时候该走出来了。

　　可能是时候该走出来了。

　　我的哭声戛然而止，就像它开始得那么突然。我已经做出了决定，如何同命运抗争。我要抗争，为我自己，也为了埃尔莎。我想要埃尔莎醒过来，也想要我自己醒过来。我们就像两只连在一起的救生圈。为了属于我们两个人的抗争，我来负责有意识的部分，她负责……呃……我不知道她能负责什么，但是我愿意相信她也在努力着。

　　我流完了最后一滴泪，笑容重新绽放。

我的手指渐渐暖和了起来,当我低头看向她俩时,我发现我竟然在抚摸着埃尔莎的手臂。我要冷静,不,我很冷静。我要好好想一想。果然,朱利安说得对。

我爱上了一个陷入昏迷的姑娘。

那一刻,我觉得这是我做过的最理智的一件事。

十七

埃尔莎

多么美妙啊，我正依偎在一道彩虹和一朵金色的小雪花身边。尽管我双眼紧闭，眼前仍有无数的色彩，和许许多多温暖而又闪亮的光芒一起飞驰而过。听上去小宝贝已经睡着了，她的呼吸声是那样的平静。蒂博的呼吸声表明他还醒着，而我的表明……

我的呼吸声表明蒂博没有插好呼吸机。我注意听了他的每一个动作，那些感应器的声音我分不清，但我能听出呼吸机的声音。我听到了很轻的"咝咝"声，因为空气管就从我耳朵上方经过，所以我能从所有这些声音中听出我的呼吸机漏气了。

如果这是一个恰当的比喻的话,我并没有惊慌失措。虽然呼吸机有些漏气,但进到肺里的空气还是足够我呼吸的,没有必要害怕。

害怕……我没有刻意地要感到害怕,趁着蒂博还在这里,我还是专注训练吧。

我要转头,睁开双眼。

我要转头,睁开双眼。

我要转头,睁开双眼。

正当我在进行意念训练时,突然感觉有点儿不对劲。我突然感受到一种温热的、软软的触感。

但那感觉很快就消失了。一定是我的错觉。

我要转头,睁开双眼。

我要转头,睁开双眼。

又一下,感觉软软的。

算了吧,你还想感觉到什么?

我要转头,睁开双眼。

我感觉身上有个地方很温热。

有个地方？哪里？在哪里？

这感觉已经消失了。

但这并不是错觉，特别是当我感觉到那股温热的时候，眼前还出现了一个紫色的光点。

感觉到……怎样才能确定这不是我凭空想象出来的呢？在一番自我暗示的练习之后，要怎样才能区分现实和我的想象呢？

我不再纠结于这些问题，我决定相信这是真的。无论如何，上次保洁员好像也听到我唱歌来着。好吧……说唱歌是有些夸张了，我可能就是比平常呼气稍微重了一些，但她听上去信誓旦旦的。而且想起回荡在脑海里的旋律，我愿意相信我当时确实向外界发出了某种信号。

我在心里笑出了声。我感觉自己好像是个想和这个星球上的居民取得联系的外星人，一个目前只能靠想象色彩来交流的外星人。同样，交流也是个过于宽泛的词。交流通常是双向的，而在我这里则是单向的……

突然间那股温热又来了。

一股电流释放出来。

脉搏感应器的"哔哔"声突然变得短促，之后又平静了下来。蒂博在我身边动弹了几下，应该是去看小屏幕上我的心跳监控。他停在那里没有动，也许是在研究屏幕上显示的是什么意思，也许是在等着看什么东西。他可能是改变了主意，或是感觉心里踏实了，因为接下来他没有太多的动作，我也不是很确定。

这也可能是我的错觉，特别是我想不出为什么他只是呆呆地坐着。平时他要是在我身边待着，总是会动来动去的，就像一只猫要找个舒服的地方。但是现在我听不到这样的动静。不要紧，他应该只是在想事情，思考，看着克拉拉什么的。这些都不重要。重要的是，他在这里。而且现在我有任务在身，我心里清楚，当他在这里时，我能做得更好。

我要转头，睁开双眼。

我要转头，睁开双眼。

那温热的触觉又出现了，就在我的手臂上。

与此同时，我的左边响起了四下快速的"哔哔"声，然后又恢复了正常。

"天哪，发生了什么？"

即使蒂博在小声自言自语，我也能听出他很担心。毕竟他刚刚把我这一挪动，可能引发任何事情。比如他就没有插好我的呼吸机，此外，还不知道会不会有其他的疏忽。但我有种强烈的直觉，我的心跳加速和半连在我身上的呼吸机没有任何关联。

我已然可以感觉到手臂上的温热感了。

我感觉到了，千真万确。这次并不是幻觉，我可以肯定。有那么几秒钟的时间，我的大脑感知到了我的手臂。尽管我不知道是左臂还是右臂，但我感觉到了。

我还想再感觉一次。

我立刻把对触觉的渴望想象成一种依赖，一种需要好几个月才能戒断的心瘾。这种难以抑制的渴望让我无法呼吸，意识模糊，连手指尖都在颤抖。

几次呼吸之后，我的愿望竟然实现了。

我又一次感觉到那温热的、软软的触觉。

是右臂，这次我可以确定了。可是不用试我也知道，我没法让它动一动。于是我把精力集中在这些细微的神经冲动上，尝试着把它们和我的记忆联系起来。过了好一会儿，我已经可以辨认出两个能感到"温热的、软软的触感"的区域了。其中一个触觉没有动,另一个在移动。至少我是这么觉得的。

我感觉不到我的双腿、双手和身体的其他部分,但我单单能感应到这不到三平方厘米的区域,简直不可思议……

我右边的监视器发出了一阵急迫的"哔哔"声,让我放弃了思考。现在轮到我担心到底发生了什么,我完全搞不清楚状况,也感觉不到什么了。不,我还能感觉到其中一个温热的触感,不动的那个,来回移动的那个,现在却消失了。我很想知道到底发生了什么。

忽然间这些声音都开始变得模糊起来。我的记忆中也有过这样的情况,就好像大脑要关掉我的听觉,好让我去关注别的东西,但关注什么呢?我远远地听着这些能让所有医生心烦意乱的"哔哔"声,却不明白为什么没有一个人跑到我的房间来。我的时间概念完全被打乱了,我已经无法分辨出,我的心跳加速究竟是持续了一秒钟,还是一小时。

我的听觉失灵了,这还是头一次。或许呼吸机还真是必不可少的,或许我马上就要失去意识了。我多想咬紧牙关,努力恢复知觉,最起码恢复我的听觉。我迫不及待地想知道这究竟是怎么了。

我的大脑里一片混乱，色彩、质感和思绪交织在一起，混乱到我又一次分不清时间到底是过去了两天，还是区区几秒钟。然后渐渐地我恢复了过来，我听到"哔哔"声恢复了正常，我听到了呼吸机的马达声，我听到了空气管在漏气，听到了蒂博在流泪。

我刚才似乎就已经听到了他在流泪。那满满的、厚重的苦涩感，化作一团浅灰色调的迷雾从我眼前飘过。那并不是单一的灰色，似乎交织着喜悦与忧伤，十分奇特，又难以理解。我不再去多想了。

我还听到我的身体发出了一次深呼吸。

这太出乎意料了。也许是因为刚才我身体中的血液急速流动之后，各个器官都需要新鲜的氧气。但是问题仍旧悬而未决。

为什么呢……恐怕这是我今天需要好好思考的问题了。

十八

蒂博

我情不自禁地吻了她。

我以为这个吻会很冰凉。然而我错了。

我以为这个吻会很僵硬。然而我又错了。

当然,埃尔莎无法回应我的吻,但那个吻是柔软的,与记忆中吻在睡梦中的唇上一般无二,就是那种深夜里伴侣睡着时偷偷的吻。或许这样的吻只是想把对方弄醒,让夜晚有一种完全不同的意味,或是纯感官的,或是纯肉体的,抑或是两者的结合。我都不知道自己有多久没有体会过这样的时刻了。

但是,在这间医院的病房里,我不知道自己着了什么魔。

在别人看来可能会觉得这是"情不自禁"，我不喜欢这种说法。要我说，这应该是……

真情流露。

我吻了她。

我咬着蜷起的食指，好让自己不那么紧张。回到加埃尔和朱利安的家里已经两个小时了，我仍然处于过度兴奋的状态。不用说这一定是肾上腺素在作祟，可能还有感情唤起的荷尔蒙。直到刚才我都沉浸在一种欢愉的情绪中，回家几乎没有看路。恋爱中的人是多么可笑啊！

克拉拉的呀呀儿语瞬间把我拉回了现实。差不多到时间准备她的晚餐了。回到家的时候，我下意识地打开了电视，但是声音调得很低，只是为了不那么闷得慌，但更多是为了让我转移一下注意力。然而电视根本没能起到作用，连对克拉拉也没能做到。

奶瓶准备好了，我把克拉拉抱在怀里，让她静静地吮吸。我望着前方，眼神飘忽不定，但最终找到了一个目标。婴儿车的使用手册。是啊，明天还有个重要的任务，我得先学习一下怎么把这该死的婴儿车打开。但是客厅里矮桌下的另一本书吸引了我的注意力。

这本书好好地藏在一堆杂志下面，我也不知道怎么就发现了它。上次就是我把它放在这儿的，故意藏起来假装走的时候忘了拿。我又犹豫了一会儿。我不知道为什么朱利安会买这本书给我，明明是他跟我唠叨了一个星期，要我小心自己脑袋里、心里都在想些什么。可能他觉得这本书能让我不再那么执着地去看埃尔莎，也可能他只是想帮我多了解些医学知识。我还是很怀疑后一种的可能性的。

我坐着没有动，犹豫不决着，直到克拉拉喝完了奶。这简直就像某种对视的较量，我死死盯着那本书，好像这样就可以用意念把它提起来，送到我手中，而那本书则在挑战我会走过去把它拿起来。幸运的是那本书赢得了一点儿喘息的时间，我去哄克拉拉睡觉了。结果是我差不多晚上九点的时候才把它拿起来，我已经吃完饭洗过了澡，像一个准备好战斗的战士一般。

书的一开始是一段前言，我直接略过了。概述貌似写得不错，但我也很快跳过，直接开始看引言部分。五秒钟之后，我已经翻过了十来页，直入主题了。

Je suis là

这本书一开始讲解得还比较浅显，配合着一些专业的语句。但是很快，书中的用词变得越来越学术。我抬起头看了看墙上的挂钟，九点十分。不可能……我感觉我已经绞尽脑汁地看了一个钟头了似的。最终它还是要被埋在一堆杂志下面，我认输了。

让我看完这本书的概率，恐怕比深度昏迷的病人醒来的概率还要小。

我对埃尔莎的现状一无所知，没有人愿意跟我解释一下。但我意识到还是不要跟我说得好，我更愿意这样不知情。如果我什么也不知道，我就还能保持住这一线希望，而希望正是今天支持着我向前看的能量。

九点十五分，我拿起了婴儿车的使用手册。我轻手轻脚地回到克拉拉的房间，取出那个不省心的婴儿车。我把客厅的矮桌挪开，好腾出些空间。接下来，我就像一个笨手笨脚的芭蕾舞演员，和这位始终不愿打开的婴儿车蹩脚搭档，开始了一场手忙脚乱、又惨不忍睹的双人舞。

最终，我迎来了这场演出最精彩的时刻，十点钟，大功告成。我把打开的婴儿车留在了门厅那里，甚至还连续五次试着打开、合上,确保我已经熟练掌握了动作要领,生怕到了明天就不会用了。

我把半夜喂奶要用的东西准备好,然后轻轻地爬上了床。和婴儿车的这场恶战比我想象中更费体力,我很快就睡着了。凌晨四点钟左右,我头昏脑涨地起身给克拉拉喂奶,之后又沉沉地入睡了。

早上七点,闹钟响了,其实是我的手机闹铃七点钟开始震动。我赶紧爬起来把它关上,以免吵到和我睡在一间卧室里的小公主。不可思议的是,这样的动作在不同的情形下也曾经发生过。我还记得之前三年间我都是这样醒过来的,怕吵到辛迪,她通常会比我多睡一刻钟。我起来为她准备早餐,一开始是爱情的力量,后来就变成了习惯。回想起来,我只在最初的几个星期得到了她的感谢。那时的我也觉得无所谓,先是因为有爱的冲动,后来也就习惯成自然了。但是今天这样的动作是出于对教女尽心的怜爱,而且我知道克拉拉是不会抛弃我的。

我把一切都准备妥当,这样当克拉拉醒来,一切就绪,就不会耽误时间了。我听从加埃尔的指示,一层一层地给她穿得很暖和，也没忘了赶快去把她出生时我送的粉红色小帽找出来给她戴上。这顶帽子和她的"出行套装"很配，朱利安经常这么说。正好，我今天计划了一次"出行"。

不过今天的出行有些非同寻常，可能对克拉拉来说会很新奇，对我也一样，我从来没试过推着婴儿车慢跑。我只知道朱利安买的这款婴儿车是可以做到的。不过我还是迟疑了一下，更多的是因为兴奋，而不是担忧。特别是从十二月初以来，我终于头一回穿得不那么像个宇航员了。我把皮夹克挂在衣架上，带上门出发了。

推着婴儿车上电梯并没有想象中那样困难，倒是出公寓的大门反而十分麻烦。星期日的早上九点，公寓楼下并没有什么人能帮我扶一下门，根本就没有人。当我因为怎么也出不去门而破口大骂时，我让克拉拉把耳朵捂上。一旦出了门到了外面，我立刻觉得自己又活过来了。

一时间我的身体接收到了各种感觉，我察觉到了从厚厚的云层中透过了几束阳光，正照射在我的头顶上。一般来说应该不会下雨，但我还是把婴儿车上的塑料罩子放了下来，我可不想让克拉拉着凉。

我开始朝着公园的方向大步走去。刚走了几百米，我就爱上了朱利安的这双跑鞋。没想到这辆婴儿车还挺适合慢跑的，我的心情比想象中愉快了不少。到了环绕公园的沥青小道上，我开始慢慢加速了。我慢跑了几步，一开始有些不协调，但是渐渐找到了要领，就开始围着公园跑了起来。

克拉拉在婴儿车里显得前所未有的兴奋，这个新奇的体验一定让她感到非常开心。几天前，当我有了这样的想法时，我还有些怀疑，但是现在我成功地做到了。我的脑袋里甚至开始有了系统的规划，我得和朱利安聊聊，没准儿以后我们能时不时地一起这样跑跑步，说不定加埃尔也会加入呢。

快到十点钟的时候，公园里的人开始多了起来，但远没我想象的那么多，太阳已经彻底躲到云层后面去了。我于是开始往回走，在快到家的时候跑了几步，接着雨就落下来了。

我回到家时已经湿透了，一半是雨，一半是汗。不过我要先照料在婴儿车里昏昏欲睡的小天使。等我脱掉她的外衣，给她换上舒服些的衣裳之后，克拉拉说什么也不愿意从我的怀里离开了。于是我抱着她在客厅里踱步，哄着她玩儿，可我的心情却随着天色变暗开始渐渐失落。现在时间还不到正午，可是看上去已经像要天黑了。外面的天空和我弟弟昨天下午呆呆看着的那种天色出奇的相似。

一束阳光从乌云后面现身，我立刻走到窗边试着找回早上刚出门时的感觉。可我什么也没感觉到，好像我的感官已经把所有都忘光了。雨远远地落下，天边只有一块小角落那里还有一丝光亮，映出浅浅一道时隐时现的彩虹，让我想起了某间医院病房里的某台监视器屏幕上的指示灯。我指着彩虹告诉克拉拉它们都是什么颜色，尽管我知道她以后肯定不会记得她的教父在这样一个星期天教她如何看彩虹。

我盯着彩虹发出了一声叹息，整个人又变得无精打采了，仿佛是在模仿弟弟新变化出来的性格一样。克拉拉应该也察觉到了，开始想要从我怀里离开。我把她放回小床上，又回到了窗边，就好像那里有块磁铁在吸引我似的。

外面的倾盆大雨像极了我现在的心情，我突然很想大声吼出心里的痛苦，不过我知道这样的情绪开始奏效了。我已经哭过了，也已经做了决定。我讨厌暴雨，但是那道彩虹似乎又让我重拾了希望。

暴雨应该也有好的一面。

十九

埃尔莎

我妹妹正在和她的男友接吻,那有气无力的声音简直让我恶心。她怎么敢在我的病房里这么做?也难怪,在男朋友的问题上,她从来不用操心,只要从跟在她屁股后面到处跑的一群人里挖出一个来就好,所以她所谓的男朋友肯定也是想都不想地立刻回应她献上的吻。

我好像听到了一阵衣服的摩擦声,他一定是把手伸进了我妹妹的T恤里。我听见她在笑,不过她应该很快改变了主意,因为他们的嘴终于停了下来,不再唶来唶去的了。我心里长舒了一口气。没错,我受够了听他们接吻的声音,我甚至有点儿嫉妒。这倒不是因为妹妹没怎么跟我说话，而是因为我好像有一辈子那么长的时间没有体会过这样的接触了。

今天早上我醒来的时候，又有点儿搞不清楚时间了。后来妹妹来了，我才想起来今天是星期三。直到她接了一通电话，我才得知了具体的日期。今天应该是十号，但我不是很肯定。但无论如何，再过差不多两个星期就是圣诞了，我在想我能得到什么礼物呢？

一个大写的无。

给一个深度昏迷的人能送什么礼物？尤其是四个星期之前刚过完生日，医生就想撤掉我的呼吸机了。我还记得去年的圣诞，简直无聊透顶。我身陷在一场冗长的节日宴会，年年如此，见同样的人，吃同样的菜肴。我当时只想做一件事，就是穿上我的滑雪鞋，去一个没有人的滑雪场，滑个痛快。母亲当时责怪我一点儿也不热情，我反驳她说我不明白为什么妹妹可以邀请她刚交了两个星期的男朋友，而我就不能请一个老朋友来。

我当时想请的是史蒂夫。全家人都认识他，但都不怎么喜欢他。父亲从得知他是我登山搭档的那一刻就开始讨厌他，母亲从得知他只是我登山搭档的那一刻就开始无视他（不是她认为的那种搭档）。我妹妹……我也不知道她当时是怎么想的，但是我突然预感到我很快就能知道了。我听到门外有许多声音，好像其中刚好有史蒂夫。一阵喜悦向我袭来，真真切切地，甚至把我淹没了，我这个星期最大的成功就是又能感知情绪了。

我能感到血液里流动着的情感，感到这些化学信息在身体里流动，从大脑里迸发出来，再带着满满的信息回到大脑里去。今天我体会到的是恶心和喜悦，而昨天应该是痛苦和气愤。

昨天是因为主治医生和实习生过来例行公事。其实他们只是来说明一下我的情况，但他们好像必须当着我的面，才能更好地阐述各自的立场。实习生把我上星期六突发痉挛的现象告诉了我的家人，主治医生因此给他好好上了一堂思想道德课；实习生则辩解说他这样做是完全正常的。主治医生坚持说只要病历上已经写下了那该死的"还有 X 天"就可以不用去管这些无关紧要的细节了。他说我的痉挛只是条件反射，完全与大脑无关，只是我的身体机制发出的神经信息。

Je suis là

后面的医学术语我没有再听下去，尽管我很想知道这位权威医生到底怎么说，但当我自我封闭起来，这个房间里的人就自动消失了。

但是现在我房间里来了五个人，已经足够热闹了。

"波琳娜！"丽贝卡叫道，"没想到能见到你！你能来真是太好了！最近怎么样？"

我妹妹热情地回应着丽贝卡，我能想象她的男友面对着三个陌生人那张不知所措的脸。我妹妹一一作了介绍，那个男子轻轻地哼唧了一声就当作是问好了。我估计他只待了十秒钟就溜走了。

史蒂夫和阿莱克斯在一旁窃笑，丽贝卡一如既往地开始担心起来。

"你觉得是不是我们吓到他了？"

"哦，放心吧，丽贝卡！"妹妹回答，"他就是有点儿不爱交际。"

"看他刚才抱着你的样子，他确实不太爱交际。"阿莱克斯嬉皮笑脸地说。

"阿莱克斯！"两个女孩同时叫道。

"啊，好啦，开玩笑又不犯法。"

"就是嘛。"史蒂夫补了一句。

"我……呃……很抱歉。"

我心里直发愣，这是我妹妹的声音，但她的声音好像变了个样，变得轻声细语的，很窘迫，又不是很坚定。这实在不是她的风格……但突然间，我恍然大悟了。

我妹妹和史蒂夫。救命……我妹妹会不会是爱上史蒂夫了？当这个假设闪过我的脑海，我就在想我为什么没有早一点想到，其实已经很明显了！不是吧，我还得在昏迷中才能意识到那些我以前视而不见的暗示。看，这就是为什么我找不到准确的词来形容我妹妹对他的感觉。

这个想法让我现在又可以切身体会到另一种情绪，同情。我发现我非常希望我妹妹能坦白地说出她的感觉。好吧，或许不是在医院的病房里。因为史蒂夫不是那种会花时间和心思来表达情感的人，即使是和女孩子。

我估计他只试过对我表现得细致一些，虽然这是我很看重的一点，但他十分不走运地没有成功。

我勾勒着史蒂夫和我妹妹在一起的画面，在心里笑出了声。我想象自己真的在笑。

"她今天看上去挺开心的。"丽贝卡说。

听到丽贝卡的脚步声离床越来越近，我明白了她说的是我。当我感觉到她把手放在了我的左臂上时，我简直想大叫。自从蒂博来过之后，我又一次成功地感觉到了。

"但还是没有任何起色。"

我妹妹的话给我迎头泼了一盆冷水。又一种情绪，害怕。我还没有感到恐惧，但说实话，这是我最不愿体会到的感觉。

"你想说什么，波琳娜？"史蒂夫问。

"没有，没想说什么。"

"等等，你以为我们会让你这么不清不楚地蒙混过关吗！"

我说什么来着……要想让史蒂夫含蓄一些，门儿也没有。

"我没有权利跟你们讲。"我妹妹反驳道。

"什么叫你没权利？"

"因为你们不是亲属。"

史蒂夫这时应该涨红了脸。我听到丽贝卡走到我妹妹身边。

"波琳娜,你知道,对于埃尔莎来说,虽然没有血缘关系,但我们也像她的家人一样。你不能这样话说一半,让我们胡思乱想啊。到底发生什么了?"

瞧,这就是策略。我从心底默默感谢丽贝卡温柔而坚定的介入。我的三个朋友想要一个答案,在得到答案之前他们是不会走的。

"坦白而言,我真的很想和你们细说?"

妹妹的声音让我的心都要碎了,她马上就要哭出来了。

"她再也醒不过来了,是吗?"

史蒂夫的声音像我们走过的冰川那样冰冷。在我的头脑中,他的色彩从深红色变成了最浅的蓝色。太多的情绪向我涌来,我几乎不想再听下去了。

"医生说她醒不过来了。"

妹妹的语气说明了一切。一时间没有人说话了,至少没有人立刻做出回应。

果不其然,还是阿莱克斯率先开口了。

"谢谢你告诉我们。我相信埃尔莎也希望你把这一切告诉我们的。"

"我根本就不知道埃尔莎想要什么,我想我以后也不会知道了!"我妹妹带着怒气回答。

"冷静点儿,波琳娜,你这样也没有用!"

"什么叫没有用?我想怎样就怎样!"

我想我从来没听到过我妹妹这样说话。

正在这时,门把手又响了。我听到屋里的四个人同时吸了一口气。该不会是我妹妹的男友回来了吧?

"呃……我好像来得不是时候。"

蒂博,我的彩虹。他恐怕要费些力气才能化解掉这个房间里的阴霾了。

"是挺不巧的!"我妹妹答道,"你哪位?"

"你冷静点儿,波琳娜。"

这次是史蒂夫在命令她。我觉得意外而又感动。

"跟我来。"他接着说。

"去哪儿?"我妹妹脱口而出地问。

"出去。你需要冷静一下。"

史蒂夫拖着她的胳膊把她拽到了走廊,门在他们身后关上,房间里的气氛凝重了起来。

和我料想的一样,即使我妹妹和史蒂夫去了外面,这阵暴风雨还是没有过去。

"你们好啊,"蒂博边说边走近了些,"我可能真的来得不是时候,还是我做了什么不该做的事?"

我想象着我的彩虹一脸狼狈,不知该如何是好的样子。至少他的声音听上去是这样的。我多想我的训练能成功一次,"转头,睁开双眼",我多想能看到他。

"不是,只是埃尔莎的妹妹有些……不舒服。"阿莱克斯提醒道。

"她看上去不像是不舒服。"蒂博提出了质疑。

没有人回答他。我听到他向我走来。我让大脑的每个角落都打起精神。我集中精神,感觉到了额头上的触感,随后是头发和脸颊。一股像海洋一样宽广的温热感,倾泻而来将我淹没,那感觉同时又像蝴蝶的翅膀一样细微。

蒂博的呼吸近在咫尺,就像他睡在我身边时那样近。

"我今天就不多待了,埃尔莎,"他的声音尽可能地小,"今天有这么多人来看你,我不能自私地一个人霸占你。"

这话让我百感交集。嫉妒、羡慕、伤感,还有另外一种我无法分辨的情绪交织在一起。

那是一种纯净的感觉。这时蒂博吻了我的脸颊，各种滋味涌上了我的心头。我努力调动大脑的每一个细胞，即使是那些没有反应的，去体会我能感觉到的。我想我可以准确地描述出他嘴唇的形状，嘴的大小，和上面的每一道纹路。我梦想着有一天能够真正地吻到他的嘴唇。

我前所未有地想转头，睁开双眼。

那股温热感在我成功做到前消逝了。

我刚刚还沉浸在触感当中，此刻听见蒂博同丽贝卡和阿莱克斯道别，我又陷入了深深的难过。他走出了房间，而我却被关在了另一个世界里。我几乎听不到朋友们在说什么了，只在云雾缭绕中捕捉到了只言片语。

"你觉得我们是不是应该告诉他？他现在好像和她很亲近了……"

"别说了，别破坏他的美梦吧。这样至少还有一个人可以做梦。"

二十

蒂博

每隔三分钟,我就看看手表,再看看办公室墙上的挂钟,好像它们当中有一个在对我撒谎。从今天早上开始,我就没法集中精神,这种感觉十分恼人。我完全没有心思处理摆在我眼前的文件。从我把它放在桌上开始,我是不是就完全没处理过它们。

我清楚地知道自己这是怎么了。我正在感受着一部分缺失,而这种缺失只能在明天得到弥补,因为我昨天没能见她。好吧,我是见到她了,但只见了两分钟。我也竭尽风度地没有留下,没有独享我能和埃尔莎一起独处的一个小时。我就这样在医院的走廊里来回游荡,好几次从五十二号病房门前经过,也经过了我弟弟的病房。我母亲仍旧让房门虚掩着,无数次地引诱我进去。

这次她成功了,我接受了她的引诱。我一声不响地走进了病房,他们试着想让我说点儿什么,但我只是拿起了一本杂志,都没有抬眼看他们。我远远地坐在一边,我母亲坐在了唯一一张为探病的人准备的极为不舒服的椅子里。

我漫不经心地听着他们的对话,翻看着各种极尽奢华的商品广告。我甚至没有注意到我母亲已经出去了。直到我弟弟清了一下嗓子,我抬起头,才发现屋子里只剩下我们两个了。我们沉默着相视一阵后,弟弟开始说话了。他先是说了些有的没的,然后突然间他问道:

"为什么你从来都不来看我?"

"你真的想知道吗?"我淡淡地说。

"其实……算了吧,"他无奈地回答,"你觉得我是罪有应得。或者我换一种方式来问这个问题,妈妈来看我的时候你去干吗了?你在车里等着吗?"

这时我把杂志合上了,看了一眼门是关着的,于是决定说出一切。我一刻不停地讲出了两个星期前我是如何在楼道里沮丧不已，怒火中烧之后走错了房间，遇见了埃尔莎，以及后来我发现自己对一个深度昏迷的姑娘产生了感情。我也承认了无法去想自己的弟弟撞死了两个人，仅仅是因为他蠢到喝醉了之后还要开车。我东一句西一句地把这些全部讲了出来，而他安静地听完了全部。有那么一刻，我甚至看到他的眼里闪着泪光，但是这怎么可能呢。

"你还那么恨我么？"听完我的独白后，他问我。

"我怎么……"

"那你现在是在干什么？"

"什么意思？"

"你来我房间干什么？她今天不想见你？"

我一下子跳了起来，两秒钟之后我已经压在他身上，一只手按住他的胸口，脸贴到他面前不到二十厘米的距离。

"我不许你这样提起她。"

我的眼睛死死地盯住他的眼睛，盯了好一阵，直到他转而看向别处。随后他说的话让我吃了一惊，不由得退了回去。

"你确实是爱上她了。"

他的语气中并无恶意和戏谑，而是充满了羡慕。我被这突如其来的话语搞得有些不知所措，可他仍在继续说着。

"你确实爱上她了，真让我羡慕。倒不是因为你爱着一个人，而是你能体会到这样的感情。我对感情从来没有太认真过，或者说……我用情不深，对，就是这个意思。我从来没有和别人深交过，我不知道为什么，可能是我害怕他们会不喜欢我？或者是我根本就不在乎？现在我觉得这样……没什么意义。可我也做不到那么深刻地去爱一个人。"

他说话的时候我一动也不动地听着，然后我才明白他已经说完了。我真的有些应付不了这种局面。当我母亲跟我说他已经对自己的所作所为做出反省了的时候，我一点儿也不相信。我也许应该相信的。

"你应该去尝试一下。"我说着坐回房间的角落。

"我很想尝试。"他毫不矫饰地回答道。

"你在期待什么吗？"

"我也不知道。"

他说完这句话，眼神就开始游离到了窗外，直到母亲回来，他都没有再说什么。我们走的时候，他甚至盯着我看了几秒钟。我感到了一种前所未有的混乱情绪，他的眼中交织着那么多错综复杂的情感，一时间我不明白他刚才怎么会说他什么也感觉不到。之后我点了下头算是跟他道别，也可能是想鼓励他。他的回应比我的还要不明显，我们也就如此点到为止了。

在车里，母亲很想知道她不在的这十分钟里发生了什么。我差不多觉得她是有意为之的了。我把她送到了家，她想让我上去坐会儿，我毫不犹豫地答应了。我不会再把朱利安叫出来陪我一晚上了，而且克拉拉的洗礼就在这周日，他除了要应付我这个好朋友之外，还有很多事情要操心。

从下午三点开始，我就忍着没有给朱利安打电话，我感觉今晚会特别难熬。我不想去我母亲家，因为去了会被她问一堆问题。我也不想去找同事，会被问更多的问题。我只想去见她。

那本《你是主人公》突然在我脑袋里现身了。它之前一整天都停留在第一百页，或者我更愿意叫它"空白页"。而这时好像有一阵风把它翻到了第九十九页，上面写着："随心所欲。"

有什么能阻止我今晚去看埃尔莎吗？医院每天都允许探视，只不过时段有所变化。今天是星期四，一般探视时间是从下午三点到六点。半秒钟之后我想到了结果，我六点才下班，所以去不成了。

不对，还有一个办法。我甚至不用翻到第五十四页就知道那上面写着："竭尽所能"，于是我急忙跑到了主管的办公室。我的书里没有提示我"怎么做"，只是写着"使出浑身解数"。我选择了说一部分实话——我没有时间编故事了。

"我有件十分重要的事情要办，可以早点儿走吗？"

主管一脸怀疑地看着我。自打我在这家公司工作以来，从来没因为私事请过假，但是当时我和辛迪分手时的怒不可遏，即使已经过去了一年多，还是在我的私事上打了一个大大的红叉。

"是什么重要的事儿啊？"主管显得很无奈。

"比较难解释。"我犹豫了一下回答道。

"是您比较让人难捉摸吧，蒂博。"

"完全有可能。"

我的回答逗笑了他，我知道有戏了。

"早点儿对您来说是多早啊？"他追问道，这时我已经走出了他的办公室。

"现在就走？"我小心翼翼地问，心想大不了就是礼貌地被拒绝。

"好吧，快去吧。不过明天您得七点钟到。"

我点点头表示感谢，然后飞快跑回办公室拿我的东西。我的心激动得砰砰乱跳，不知道是因为我在楼道里跑，还是因为我成功地请了假。我管不了这么多。

我只知道一件事。

我要去见她了。

二十一

埃尔莎

圣诞节提前一个星期到了。今天星期四,蒂博来了。

他已经来了有一会儿了,他来的时候是那么开心。他跟我说今天一天都过得很奇怪,他还说为了来看我,他提前下了班。我简直受宠若惊。他很少这样和我对话,如果这算是一场对话。他的声音中充满了闪闪发亮的色彩,最后渐渐演变成天鹅绒般的质感。我没有弄清楚这是为什么,我一直都没弄明白。但这不并不重要,重要的是,我很快乐。

即使我的病历夹上潦草地写着"少于 X 天",我也感觉很快乐。

不过，我觉得蒂博好像是唯一一个对此还不知情的人。也许正是因为这样，他来的时候我会感觉很快乐。正是因为这样，他来的时候我才觉得我是我自己。我爱我的家人和朋友，但是……蒂博才是那个为了他，无论付出任何代价，我都要醒过来的人。

他现在像往常一样躺在了我身边。像往常一样，他又没插好呼吸机的管子。护士发现后又要抱怨好一阵了。迄今为止，她都以为管子是自己滑脱的，她怎么也没想到会有人时不时地把它拔掉。

而且我发现现在蒂博挪动起我来十分地得心应手，或者他已经练出了肌肉。但是短短几天时间，他的进步的确惊人。今天我应该是被挪到了床的边缘。因为我听到他爬到床上之后满意地长舒了一口气。我还不是很确定他是不是已经睡着了。

"埃尔莎……"

不，他还没睡，或者是他在说梦话。但这耳语是来自一个完全清醒着的人啊。

"埃尔莎……"

我想打个寒战，当作是对他的回应。这两个月里，我脑中的任何一个念头都比不上两个星期以来他的名字出现的频率。在我对他仅有的了解中，他的名字是可以确定的信息之一。其余的我只能靠想象去猜想会是什么样子。

独自一人的时候，我有时间可以分别去审视所有的感官。一开始，我认为视觉是最重要的，但由于留给我的只有听觉，我只能自我安慰说能听见已经是莫大的恩赐了。味觉，我觉得可以算作是次要的。至于嗅觉，我发现我很想闻到蒂博身上的味道。每当想到这时，我身边监视器的"哔哔"声就会加速响几秒钟，然后我又回到头脑训练当中去了。我一直觉得只有蒂博躺在我身边时，我的训练才会十分专注。

今天我却很渴望能看看他的脸，看看他的眼睛是什么颜色，看看他第一次触碰我的手臂，给我带来一阵电流的那双手。我还想闻到他的气味，闻他是否喷了香水，试着闻出他皮肤的气息。我想要感受到他的身体和我的身体紧紧贴在一起。

我没有再去想味觉带来的感受，因为一想到这里，我的感应器就会显示脉搏过快。每次我回忆着蒂博的嘴唇吻在我脸颊上，想象我吻他时该是怎样的感觉，我都会把护士招来。直到半天内第四次发生这样的情况，科室的医生对护士说不用去管了。不过我记得他本来想把他的同事叫来，就是那位著名的主治医生，好再给我做一次脑部扫描。但当他看到我的病历夹上的"少于 X 天"后，立马就改了主意，告诉护士不用管他刚才说过的话了。这个小插曲给了我短暂的希望，来向所有人证明我还有意识。但是他们把所有感应器的感应幅度都重设到了最低，这样没有一个感应器能显示我的脑生命迹象了。可是……可是我还活着呀！

我想大声喊出来。

我还活着！

"埃尔莎……你打算什么时候醒过来？"

听到蒂博的声音我简直想哭。我甚至感到了我的泪腺在努力尝试运转。我能在身体里找到它们的位置实在是太不可思议了，尽管这算不上什么伟大的胜利，但当我醒过来，我还是能骄傲地向所有人宣布，我能知道泪腺的准确位置。对现在的我来说，能感知到一部分身体的器官已经是一件天大的乐事了。"感觉是通向动作的必经之路。"这是我自创的格言。我的大脑已经可以接收信息了，现在我想让它发出信号。

我也很想给蒂博一个答案，但是我的疑虑很快就让我高兴不起来了。我知道要想醒过来是需要时间的，可我没有时间了。病历夹上的"少于 X 天"可能很快就会变成具体的天数，即使我希望那个天数能尽可能多，但也知道不可能多到没有边。对于我的父母来说，做出这样的一个决定肯定让他们备受煎熬。自从他们和医生讨论过之后，我就没再"见过"他们，我知道他们在考虑这件事。不过换位思考一下，如果是我必须要做出这样的决定，我更希望能快刀斩乱麻。

"我想要你醒过来。"

这句话用最温柔的耳语说出来，让我的负面情绪烟消云散。我不知道该十分讽刺地回答"我也是！"，还是深情地回一句"谢谢……"反正我也只能想象自己回答了其中一种。但我的身体似乎感知到了我的渴望，因为我听到自己长舒了一口气，而且好像我肚子里的横膈膜动了一下。我又往前迈进了一步。要是蒂博能一直留在我的身边就好了。

我于是开始想象他日日夜夜守在我身旁，呼吸着，颤动着，一直都在那里。我又开始想象他的唇吻在我的脸颊上。监控器上显示我的心跳开始加速，但并没有发出警报。我任由思绪开启了之前不让自己去想的那扇门，我已经情不自禁了。这时候"哔哔"声响得更快了，我竭力让大脑控制这一切，看上去应该是奏效了。

可是突然间，我的想象不知飘到哪里去了。

随后一切戛然而止。

一种感觉从我的腿上袭来。

好冷。

"埃尔莎，你快醒过来吧，该好好锻炼一下了！"

蒂博嘲笑的语气和这股寒冷的感觉一样让我惊讶不已。他在说什么呀？

"我刚自己做主看了看你的腿。希望你不会生我的气。我只是把被单掀开了一点儿，没做什么缺德事啊。我就看了从脚到膝盖那部分，我很好奇它们长什么样。"

我要笑死了。我的腿能有什么稀奇的？

"我就是有点儿想知道一双登山的腿究竟是什么样的。看了之后我在想你以前腿部肌肉一定练得很好！不过现在嘛，你醒过来之后可得好好练练了！"

我又一次要笑得停不下来了。我想告诉蒂博等我醒了，他想让我怎么练都行，但是现在，就算我的小腿瘦得像树杈一样也无所谓了。我冷，蒂博！冷死啦！你不觉得这样很冷吗？

"我爱上你了，埃尔莎。"

一，二，三，哔——

脉搏监视器发出了一声长鸣，同时我的胸口紧缩了一下。这时我脖子上的肌肉突然间紧绷起来，头也跟着慢慢地向后仰。接着肩膀下垂，骨盆向后错。一时间我的呼吸停住了，然后整个身体又放松了下来。

刚刚发生的状况的余味，不，应该叫余感，就像针扎一样。在整整一秒钟的时间内，我完完全全地感受到了我的身体。再说一遍，蒂博，求你了。我想要做回我自己。

"埃尔莎……我……我觉得你刚才听见我说的话了。"

对，我刚才听见你说的话了，蒂博！当然听见了！已经两个星期了！而且我想听到你再说一遍，一遍又一遍，无论是为了让我醒过来，为了让我安心，还是仅仅为了让我高兴。

这个世界上还有一个人坚信我能醒过来。

但我只听到了被单摩擦的响动，一个身体从床垫上起来了。我感到他在搬动我的身体，把我放到床的中间。之后蒂博重新穿好鞋和衣服，他的动作、步骤我都记在心里。毛衣、外套、拉锁、围脖、手套，把兜里的帽子拿出来，然后顺手理一下头发。

他坐在了我的床边。

"我知道你能听到我，埃尔莎。"

他的嘴唇贴在我的脸颊上。

接触的那一刻，监视器又开始响起来了。

"每次你都会证明给我看。"

这时我听见楼道里有跑动的脚步声，但那脚步从我门前经过时却没有停下。蒂博于是进行接下来的动作。

"明天见……"

蒂博又亲了我一下，然后离开了。

我的脑袋里此刻堆积了无数的信息，现在我有事可做了。

二十二

蒂博

"快让开!"

我立刻转身贴在走廊的墙上。护士急迫的语气足以显示没有时间顾及礼貌了。我不知道发生了什么事,但整个楼层都乱哄哄的。医生和护士们相当有秩序地跑来跑去,尽管在我看来是一团乱。一定发生了什么事,但是我一点儿也不关心。

我的魂儿已经溜走了,飞出了我的身体和我的心。我从来没有在这样的情形下表白过。我也敢打赌没有什么人能做出同样的事情来。

Je suis là

电梯由于突发的紧急情况被征用了，而且半个楼层似乎都处于慌乱之中，我于是走楼梯下楼。到了一层之后，我发现这里的混乱好像刚刚过去。我贴着墙走出大楼，以免妨碍到那些穿着白大褂正快步往外走的人。我发现三十米以外聚集着一群医务人员，可能是引起混乱的原因。

我找到了我的车，但我的思绪仍飘荡在五层五十二号病房里躺着的那个瘦弱的身体周围。我想要把她紧紧抱在怀里，可当我看到那双腿，因为几个月以来一动不动而变得纤细、脆弱，我就忍住了自私的想法。我只是临走前在她身边坐了一会儿。我害怕碰坏了她。

我魂不守舍地开了一路，二十分钟后到了家。我坐进沙发里，已经困得快要睡着了，动作都是靠条件反射完成的。我呷了一口梨汁，一个念头慢慢地渗入到我的脑海里：我爱上了某人，而且这个人也听到我说我爱她了。我长舒了一口气，咬住下嘴唇，但也没能阻止自己笑了出来。无论是谁听到我讲出始末缘由都会认定我疯了。我抛开这个想法，想到如果我是在她陷入昏迷之前遇见她，并爱上她的，情况也不会有什么不同的。

电话铃声让我不得不停下我的白日梦，从沙发里站起来。

"喂？"我接起电话打了个哈欠。

"你这会儿就已经困啦？"

"朱利安……我现在连打哈欠的权利都没有了？"

"不能在接我电话的时候打！"

"好吧，你找我有什么事？"

朱利安于是抖出了他妻子为克拉拉洗礼的事精心准备的小问卷。我是不是想到这个了，我不能忘了那个，仪式上我需要做这个，我有点儿受不了了。

"这些我都记住了，放心吧！加埃尔她想干什么？最后再来个期末考试？上个周末还不够吗？"

"没有，没有，你把克拉拉照顾得很好，加埃尔很高兴。"

"那还有什么不放心的？"

"不是，我只是想缓解一下压力。"

这下朱利安给我来了个措手不及，我的好哥们，有压力？

"你怎么了？"我马上问道。

"哦，就是筹备洗礼的事，让我和加埃尔有些烦躁。"

朱利安的口吻让我有些犹豫。

"朱利安……有什么我能帮到你的？"

"你今晚有空吗？"

"为了你，我当然有空了！但是到底发生什么事了？"

朱利安的回答真的开始让我担心起来了，尽管他极力掩饰着。

"哦，没什么大事，放心吧！"

"那你吞吞吐吐的是怎么回事儿？"

"我只是有件事想跟你说。咱们还在酒吧见好吗？或者要不，去你家吧，你方便吗？"

"可以，没问题！你确定一切都好吗？"

"确定。一会儿见。"

朱利安挂了电话。我一时间还是觉得放心不下，但是放弃了再打给他的念头。他应该马上就到了，就暂且等一等吧。我放眼看了一下屋子，刚才进门的时候真没注意，当时我完全没留心自己在干什么，我的客厅实在是太乱了。

我趁朱利安到我家前的半个小时稍微收拾了一下，然后看了一眼除了梨汁之外，我还有没有什么别的能给他喝。我匆忙找了五分钟，结果是显而易见的：什么都没有。算了，他是我最好的朋友，不会怪我的。

门铃响了。我给朱利安打开门，然后在门口等他。他进来不到一分钟，我就开始盯着他的脸，想看出他到底为什么突然到我这里来。他亲了亲我的脸，很快进了屋，脱掉鞋，走到客厅，一屁股坐到沙发上。

我一句话没说，把梨汁的瓶子拿给他看。他摆了一下手表示随便。从刚才在门禁里说了两句话之后，我们两个都一言不发。我在他对面坐下，盯着他看了一会儿，感觉有些好笑，大多数时候这种场面是反过来的。

"你笑什么？"他问我。

"最近好像都是你在等着我说点儿什么，现在该轮到你先开口了。"

朱利安摇了摇头，我看到他嘴边掠过一丝微笑。随后他站起身，右手握住左手，好像很紧张的样子，然后深吸了一口气。

"加埃尔怀孕了。"

短短一秒钟的时间，我已经体会到一系列复杂的心情。一下子为我的好友高兴，一下又有些嫉妒，一下为克拉拉马上要有个小弟弟或小妹妹而开心,一下又为他们的小屋子要迎来第二个宝宝而担心,然后我明白了刚才朱利安在电话里说的"缓解压力"是什么意思了。我把所有这一切总结成了一句话。

"太棒啦!"

朱利安看着我的眼睛,我也终于看到他的脸亮起来了。

"就是啊!"

我站起身和他拥抱。我能感到他马上要第二次当爸爸的激动心情,我甚至看到他有些落泪了,那是喜悦的眼泪,我看不出还能有什么别的。

"你还好吗?"他坐回到沙发上问我。

"听到这么好的消息,能不好吗?"

"是,但是……我想说……"

我明白朱利安为什么觉得有些尴尬。他知道我喜欢小孩,所有人都知道。而且他知道我现在还没有小孩这件事已经开始让我有些不安了。

"没关系,朱利安。你别多想。时机到了,我会找到那个人的。"

"你进步很大嘛！"他由衷地叫道。

"是，我知道。不过你跟我说说，你为什么会觉得有压力啊？"

我想赶紧把话题岔开，以免谈到我和埃尔莎的现状。

"哎，其实就是这件事让我有点儿焦虑。"他坦白道。

"什么事？"

"你呀。"

"我？"

"怎么跟你宣布这件事。"

在这样的时刻，要不是男子气概占了上风，我早就哭得稀里哗啦的了。上次在酒吧的时候，我把阳刚之气放在了一旁，不过这次，我坚持住了。

"朱利安……你真的不用这么折磨自己。对，我是有些嫉妒你有这么一个幸福的家，但是我感觉自己已经做好心理准备去组建一个属于我自己的家了，你就不要再顾忌这些了，好吗？"

朱利安仔细地看着我的脸，想看看我说的是不是实话。显然，他看出我没有在撒谎。他摇了摇头，我冲他挤眉弄眼地笑了一下，我们两个于是都笑了起来，这时，我的电话又响了。

"不好意思，我马上回来。"我说。我们俩还在笑着。

我没看来电显示就接起了电话，还沉浸在刚才的好消息带给我的喜悦当中。当我听到电话中的护士的声音后，神情立刻变得严肃了起来。我还没能联想到这通电话是从哪里打来的，但是冥冥中有个声音告诉我肯定有什么事情要发生。

"格拉蒙先生？"

"是我。"

"您好。这里是罗萨林医院。"

我感觉血液都凝固了。护士的话音刚落，我就听到了后面监视器屏幕发出的"哔哔"声，而此时我的大脑屏蔽了周围的一切，努力想着这通电话的各种可能性。我第一个想到的就是埃尔莎，但我不明白医院为什么会联系到我。

"喂？格拉蒙先生？您还在吗？"

"呃……我在，对不起，我刚才什么也没听到，请您再重复一遍好吗？"

"我刚才说，我打电话给您是因为我没能联系到格拉蒙太太，我想她是您的母亲，对吗？"

"对，是的。发生什么了？"

"我……我非常抱歉打电话通知您，是因为……您的弟弟已经去世了。他大概一个小时之前从他病房的窗户上跳了下来。我们已经尝试过抢救了，但是抢救无效。抢救小组初步认为这是一起自杀行为。我感到非常抱歉。您……您可能需要来一下医院，处理一些后事，以及……您懂的。"

她如果再说一句她抱歉，我就要挂断电话了。

"格拉蒙先生？"

我感觉我整个人都要垮了，浑身上下冷得要死。尽管大脑一片空白，我还是稳住了自己。

"我和格拉蒙太太半小时后就到医院。"

我没等电话那头再说什么就赶快挂断了。刚才接电话时我习惯性地走开了，以免打扰到朱利安。但这时，他从我身后走了过来。

"蒂博？出什么事了吗？"

我一开始仍旧面对着窗外，然后慢慢转过身来。我的男子气概已经被击得粉碎。

"是西尔万……"

朱利安一下子明白了。可他怎么可能一下子想到呢？或许他只是明白出了大事。

"要去医院吗？"他问道。

"我要先去接我妈。"

"这么严重？"

我摇着头，再也说不出一个字。朱利安开始忙活起来，我却一动也不能动，他拿来了我的鞋和那件宇航员夹克。我不知道怎么就已经坐在了副驾驶的位置上，我也不知道母亲怎么就坐到了后座上。后来发生的事我一点儿也不知道了，除了痛苦和困在四周无法逾越的可怕监牢，我什么也感受不到了。

二十三

埃尔莎

他之前对我说明天见的。

可是已经过去了一个星期。

我回想了无数次最后一次见面时的场景,我怕是自己记错了,但是并没有。我确定他说的是明天见。一开始我还很淡定,他可能有别的事情耽误了,肯定是有别的事要忙。尽管这样想,我还是难免心生一丝嫉妒。

这个星期的某一天,我的门响了,我燃起了一丝希望,但结果只是一个医生来了。我说不清是哪一个,但我怀疑是那个实习医生。他浏览了一下我的病历夹,在上面写了一通,又花时间把所有的显示器看了一遍,好像在研究着什么东西,然后一声不响地离开了。可不是么,他为什么要说话呢?

于是我又体会到了其他一些情绪:猜疑、焦虑和恐惧。

我最终还是要体会到恐惧的。不过我更希望能把它留到最后,而且这也不是我想要体会到的那种恐惧。

当我穿着钉鞋在冰川上,发现有雪桥或是冰隙的时候,总会有一些惧怕。但就像我以前对史蒂夫说过的,那是一种肾上腺素可控范围内的恐惧。那是因为我们知道几乎一切都要靠我们自己,要靠我们的本领、技巧、敏捷、灵活还有智慧。当然也有运气的成分在,坦白来说,如果我们不能接受每一步存在的风险,就无法从事登山。

但是我今天感受到的,是一种从身体里开始吞噬我的恐惧。我无法控制它,没有任何办法把它作为一种情感消灭掉。我陷入了等待,一种无尽的等待。

我首先害怕的是蒂博再也不会回来了。这也就是说我再也不能有效地进行训练,及时醒过来了。想到这里,我也担心会不会他出了什么事情。不过,在这种强烈的化学刺激下,我的机能也渐渐恢复运转了。

幸运的是，这种刺激似乎带动了身体的其他部分。我的触感变得更加明显了。虽然我不能肯定，这是我自己臆想出来的，还是真实存在的感受，但是当护工在我的脖子上点了两滴精油的时候，我似乎能够闻到淡淡的茉莉花香气了。我再一次选择去相信这是真的。与其坐以待毙，不如尽可能地多积累一些信息，哪怕只是闻到了茉莉花香，哪怕这花香只是杜撰出来的。

我感觉自己像一只凌乱的书包，里面堆满了各种奇形怪状又稀松平常的东西，它们相互交缠在一起。我开始有些分不清如潮水一般涌来的各种信息，而且它们变得越来越多，我的大脑都要饱和了。那感觉好像大脑里活跃的区域只有几平方纳米，而这三个星期以来我接收到的信息已经把所有空间都占满了。这些信息越积越多，相互重叠着。这也是为什么我每天都感觉距离上次蒂博跟我说"明天见"还不到一个星期，但每一夜保洁员收音机里的报时却证实了我想错了。

我感到有些蹊跷，因为我妹妹星期三也没有来。或许她有考试，或许上次来时发生的事对她影响很大。我一点儿也不指望她已经跟史蒂夫说清楚了，史蒂夫和跟在她屁股后面的那群人根本不是一个类型。我只是单纯地希望她能去表白。史蒂夫值得拥有一段美好的感情，她也是时候该好好谈场恋爱了。

我也一样，我多想好好地谈场恋爱。

我同时感到这个想法很必要，也很荒谬。以我现在的情形，怎么能把谈恋爱当作头等大事呢？我应该想要活下去，这样我才能动，才能回到冰川上，才能见到我的家人，认识新的朋友，探寻未知的世界，我才能开怀地笑，继续笑着活下去。我知道对我来说这些才是大事，大到无法估量。但我也知道，恋爱的感觉是可以为所有这一切添上一抹绚丽的色彩的。

我在心里默默笑着。我这些关于色彩的心得足够讲给妹妹听的了，对她学美术应该有好处。我当然不希望她以我现在这种方式去体会，但我愿意分享给她。之后，我不知道她能不能在现实世界里用颜料和画笔把这些表达出来，不过还是值得一试的。

好了，我开始有些走神了，不能再想下去了，至少是不能同时想那么多人和那么多事情了。我想得脑子都乱了。我昨天想到了一个办法，呃……我想应该是昨天吧。说起来这也是个老办法了，但我之前没有想到这个小运动可以这么快地让我忘掉其他事。当我意识到这样做能让我的精神放松不少，我就开始练习起来了。所以，现在我要重新开始练习了。

我要转头，睁开双眼。

我要转头，睁开双眼。

时不时地，有一个鬼鬼祟祟的小念头"我想恋爱"会跳出来，然后迅速被我赶跑，不然的话，我会跟着它不知道想到哪里去了。

我要转头，睁开双眼。

在意识最终熄灭之前，哪怕能有半秒钟的时间也好。我要转头，睁开双眼。

二十四

蒂博

楼道里不知道谁家的门重重地关上，把我从睡梦中惊醒。我艰难地睁开双眼，让瞳孔适应周围的黑暗。房间的角落里，一只小电子时钟显示现在是夜里两点四十四分。我能听见厨房里冰箱启动的声音，楼下街上有一两辆车驶过。我身边有几个红色的小指示灯在闪烁，城市里橘红色的照明反射出微弱的光亮，照进我的房间。

要不是之前觉得胃疼，我几乎能踏实安稳地睡个好觉，我可能会随便翻看个什么东西，然后睡在沙发上。只不过我客厅的茶几上一本书都没有，只横着一只喝光了的梨汁瓶子，我已经两天没洗澡了,也可能是三天……

我用脚踢了踢旧被子,坐起身来。我觉得头晕,应该是二十四小时没有吃过东西了。我之前坐在沙发上到底是什么时候来着?

还是不要去想答案的好。

我的胃皱成了一团,比之前还要难受。我也不知道自己饿不饿。无论如何,吃点儿东西还是明智的。我东倒西歪地站起身,走向厨房。冰箱里还是满的,但我最先拿出来的一些吃的已经过期了。我最后决定弄点儿牛排和意面。这是大学生的最爱,简便快捷,而且凌晨三点钟,我也只想随便吃点儿就好。

我把水烧上,把面准备好。锅烧热了,一块牛排丢了进去。我迷迷糊糊地完成了一系列动作,拿出了盘子、餐具和一只漏勺,接着瘫坐在椅子上。一切都在黑暗当中进行,只有路灯的反光给了我微弱的光亮。在这半明半暗的光线中做出来的食物不知道会是怎样的味道,不过我不想冒这个风险。我把椅子往后靠了靠,这样可以够到抽油烟机,我的手臂也足够长可以按到上面的小开关。黄色的灯光落在我的背后,投射出了足够的光亮让我看清周围的环境,这样就足够了。

客厅里另一处小小的亮光,白色的,一闪一闪的,吸引了我的注意。那是我的手机。我有几天没碰过它了,座机也是一样。我甚至费心地换了答录机的语音,说如果有十分重要的事情请留言,我会听的。恰恰相反,人们听到后就直接挂断了。我记得我母亲打来了两次电话,问我怎么样了。朱利安和加埃尔也打来过。但是第一天过去之后,就再也没有电话打来了。

至于手机,我没有太理会。我总不至于要给所有人发条信息来解释我现在的情况。我应该收到了差不多三十多条各种各样的消息提醒,那些语音和文字的信息够我处理一上午的。我知道除了我母亲和朱利安之外,还有一些家里的亲戚打来过电话,而且更恐怖的是,再过几天就是圣诞节了,他们一定会在聚餐上说起这件事的。表哥估计也一样,从上周六开始就试着联系我。我还没有足够的勇气跟任何人说话。

水烧开了。我起身把意面倒了进去,把牛排翻了个面。牛排的香味已经让我流口水了,而且在告诉我的胃,很快就能吃了。真是奇怪,人类最原始的本能总是会在出其不意的时刻出现。我在为我弟弟的死而消沉，我的身体却让我吃东西。这听起来很不正常，其实不然，这是事物的自然循环。

上周六给我弟弟下葬的那个人也这么说。万事万物只不过是一个循环。我们出生，生活，然后死去，这是一个循环。其他人也一样周而往复，直到他们的生命消逝。我呢，我不知道自己是从哪里开始的，但可以肯定的是，我现在停滞不前，且无法脱身。

不，实际上我非常清楚我是从哪里开始的。一切从上周四我和我母亲还有朱利安一起抵达医院开始。很快，我们就搞清楚了弟弟确实是死于自杀，而不是意外。他病房里留下的一些迹象显示如此，其中一个是单独留给我的。我们两个小的时候，曾经说过有一天我们要当飞行员，一起驾驶飞机冲上云霄。他在床上放了一只纸飞机，上面写着："我们各自飞上了天空，只是没有选择同一条跑道。"他还在下面画了一个笑脸。他选择用如此接近比喻的方式结束了自己的生命让人心碎，但我知道他想说的是我们选择了不同的人生。

此后接连发生的事情，我都没有太注意。一些文书，下葬，老板给了我两个星期的假，还有克拉拉的洗礼。洗礼上我没有受到太多打扰，因为加埃尔和朱利安已经提前知会了大部分出席的宾客。我怀抱着克拉拉在大本子上签字时，成功地挤出了一丝微笑，仪式结束之后就离开了。之后，我没再跟任何人接触过。

牛排的香味让我回过神来。我准备好盘子，把它放在桌上。我很快把饭菜吃下肚，我被自己的狼吞虎咽吓到了，之后又喝下了半瓶水，把瓶子灌满后，我回到了客厅。不知道是因为吃饱了，还是因为在深夜这个时间醒过来，我感觉困得要命。我倒在沙发上，这么多天以来第一次真正想要睡觉。还没数到三，黑暗就再次将我包围了。

这一次是门铃把我吵醒了。我迅速地看了一眼时钟，已经快上午十一点了，客厅里已经洒满了阳光，看来我睡得真的很沉。又是一阵门铃刺耳的声响，我含糊地答应着"来了"，从被窝里爬了出来。

门后面的小镜子一年来第一次派上了用场，我花了三秒钟的时间尝试着整理了一下头发。至于其余的，我穿着衣服呢，穿得永远一成不变，但总比没穿好。

无论门后是谁，我都要把他打发走。我怀着坚定的信念打开门，发现门口站着邻居家的老太太，立马收住了口。

"啊！您在家呀！"她叫道，"我不知道您是不是出去度假了，您的信箱已经满得塞不下啦！我把掉出来的这些捡起来了。给……还有……您该洗澡了。"

她冲我眨了眨眼，我一直怔在那里，直到她回到了自己家。她这把年纪，难得有这么大力气，而且丝毫不把时间浪费在客套上。

我看了一眼她拿给我的信，没有什么特别重要的，就把它们扔在了客厅里。我有点儿犹豫是喝杯咖啡还是洗个澡，最后我选择了先喝咖啡再洗澡。洗到一半我就觉得饥饿难耐，于是我从浴室出来又开始翻冰箱。我一边弄东西吃，一边抓起那一堆信件，假装很有兴趣地翻看起来。

我之前想得没错，没有什么要紧的事，基本上全是些没用的信。当我把信扔回门口的时候，手机一闪一闪的白光进入了我的视线。我想既然已经拆完了信，干脆就继续看看手机吧。

我快速地浏览了一下短信，简单地回复了朱利安、表哥，还有我母亲几句，我不想给他们打电话。之后是一长串语音留言。我把它们放到扬声器上听了一遍，时不时地从厨房里大喊"删除"，一边看着火候。差不多听到第十二条的时候，一个新的声音开始讲话了。

"你好，蒂博。我是丽贝卡。你还记得我吗？咱们在医院见过两面。你一定很奇怪为什么我会有你的电话号码，我问医院的工作人员要了好几次，最后终于要到了。我想打给你，阿莱克斯和史蒂夫也都同意我这么做。埃尔莎的仪器马上要撤掉了。就是这样。她的家人决定了四天后就进行。我不知道你想不想来最后道别下。你现在有我的号码了，随时打给我。"

我的身体和大脑像被一道闪电击中了一样，迅速做出了反应，就像沉睡的人突然被唤醒。我急忙跑过去拿起手机重新听了一遍留言，然后狂按键盘。一分钟后，我终于知道了丽贝卡联系我的时候是星期一，十六号。如果我相信手机上显示的日期，今天是二十号。不用说，"四天后"，就是今天。马上就要正午了，我整个人停滞了，然后一切开始慢慢地在我脑中运转起来。

我把煤气关上，飞快地拿上我的东西，甚至没有时间穿上外套，系上鞋带。我花了整整两分钟才找到车，上车时我都不知道自己到底有没有锁门。我唯一知道的就是，我是这个世界上最蠢的家伙。我怎么会把她忘了？我怎么会把埃尔莎给忘了？

开着车的时候，我才意识到我并不是把她忘了，而是我不再相信她会醒了。我弟弟的自杀让我重新审视了埃尔莎能听到我说话这件事。弟弟还在的时候，她是我安全的避风港。从弟弟离开的那一刻起，我感觉埃尔莎也离开我了。其实最后离开的那个人是我。我多蠢啊……

我知道她能听见我说话，我十万分地肯定。

现在问题又摆在了我的眼前，不是"我怎么会蠢到把这么重要的事摆在一边？"，而是"为什么他们要撤掉她的仪器？"。

我带着这个疑问冲到了医院的五楼走廊，我的理智和内心已经准备好了充分的论据，马上我就要为此据理力争了。

二十五

埃尔莎

我害怕。

这感觉再明显不过了。我吓坏了。

不过经历过这种情形的，应该不是我一个。主治医生和实习医生已经离开一阵子了，他们只是在开始的时候在场，负责医生该做的事情。我其实想说，他们只是负责按了几个开关，说实话，把仪器关掉这种事，六岁的小孩也会做。

这时房间里还剩下三个人和我在一起。就我所知，刚才一时间里，这个小小的房间内挤下了九个人，有些人满为患了。史蒂夫、丽贝卡和阿莱克斯也出去有一阵了。我感觉他们应该是到楼下去等了。想想简直害怕到要吐出来，我的朋友们正在等着我……太可怕了。如果我是他们的话，一定会把吃的东西全吐出来，然后想跑得越远越好。但他们只逃到了五层楼之外，虽然拉开了点儿距离，但仍在医院的核心范围之内。

我的父母和妹妹留在了这里，他们也一样在等。我很想告诉他们快滚吧，我不想要他们的爱，更不想要他们的悲伤。他们根本就没对我有过信心，这已经足够令人反胃的了。但也许归根结底他们是对的。像我现在这样只能接收信息和体会情感，却无法做出任何回应的人生，留着到底有什么用？如果我余下的生命只是能听见和感受，是不是就这样结束了更好……

门开了。我听见一阵急促的脚步声和上气不接下气的喘息。这突然的变化让我唉声叹气的父母显得有些吃惊，但这并不是医生改变主意了。

"您好，"母亲的声音格外地难过，"您来是要……"

"妈妈，"妹妹打断她，"你觉得他还能是来看谁的？走吧，我们出去，让他单独在这儿待一会儿。我们已经等了一个半小时了，她不会马上就离开我们的。"

妹妹的声音，带着坚定和无法控制的痛苦，听得我快要崩溃了。

"你们为什么要这么做？"

我的心一下子提到了嗓子眼，微弱的脉搏也发生了短时的变化，不过没有人注意到这点。

原来是我的彩虹。

尽管没有了呼吸机的噪音，我的房间安静了许多，我一开始还是没能认出他的脚步声和呼吸声。也许我的大脑真的开始缺氧了，我已经自己呼吸了一个多小时了，或者是我在努力迫使自己呼吸。我的大脑知道这样十分艰难，只不过是在勉强维持。可我现在听到了蒂博的声音，我的身体随之燃起了最后一丝希望。

母亲的回答结结巴巴，溃不成句。

"什么意思，为什么……"

"妈妈，您简直让人难以置信！我们为什么要撤掉她的仪器！啊？这是他想问的！不是吗？这难道不是你想问的吗？"

妹妹绝望的指责回荡在整个房间中，我知道她在这件事上一直反对我的父母。

"对，这正是我想问的。"蒂博终于回答。

"问问他们吧！"妹妹大吼着冲出了房间。

"波琳娜，"母亲叫道，"快回来！天哪……我去找她！"

"让她去吧。"父亲无奈地说。

"不，我要去找她。"

门关上了。我想象着我父亲和蒂博，两个人留在房间里。如果换一种情形之下，他们俩的见面应该很有意思。而现在，我和两个如此失落的灵魂待在一起。蒂博来到我身边，亲了我亲的脸颊。我完全能够想象父亲整个人都僵硬起来的画面，他一点儿也不认识蒂博，不过仔细想想，我也并不能算是真的认识他。而且作为父亲，看到一个陌生人亲吻自己的女儿，怎么也不会无动于衷的。

"你还在呼吸呢……"蒂博在我耳边轻声说，听上去松了一口气。他站起身，一只手仍放在我的肩上，问我父亲："为什么呢？"

"没有任何希望了。"父亲的语气听上去十分挫败。

"只是因为您决定去这样认为。"

"您觉得做这样的决定很容易是吗?"

父亲开始恼火起来。我想提醒蒂博,可又无能为力,只能安静地听着。总之,在我余下不多的时间里,这是我唯一能做好的事情。

"比相信她能醒过来要容易!"蒂博反驳道,"她在听着我们呢!她知道我们在这里!您怎么可以这么轻易地判她死刑?"

"是的,我知道,"父亲的声音相当地不安,"昏迷中的人是能听到的。但是您也要明白一点:她选择了放弃我们。"

"她什么也没有选!她现在这个样子,您想要她怎么做选择!"

我好想告诉蒂博他错了,我选择了努力醒过来,只不过还没成功。

"您先说说您是谁吧?"父亲突然问道。

"埃尔莎的朋友。"

这个答案我已经铭记于心了,但不知为什么今天听到,感觉有些失望。

"我从来没见过您，"父亲继续说，"您是那些跟她一起……登山的朋友吗？"

他说起那两个字的时候是那么的反感，我想他的脸一定都跟着皱了起来。

"不是，这不重要。您不能不等她醒来就拔掉她的呼吸机！"

"埃尔莎醒不过来了。"

"您怎么知道？而且我跟您说了，她是能听见的！"

"已经决定了！我没有必要再听您胡扯，您不过是一个我们从来没听说过的所谓的朋友，您也绝不会体会到，我和我的夫人经历了怎样的煎熬才做出这个决定！我爱我的女儿！我和我的夫人，我们爱她！您有什么权利在这里对我发号施令？"

父亲大吼了起来，与蒂博的回答从音量上形成了鲜明的对比，他几乎是悄声地说：

"因为我爱您女儿。"

我感觉身上忽冷忽热，交织在一起，手指麻麻的。脉搏感应器，我身上唯一还连着的仪器，显示出我的心跳正在加速。我听到蒂博转向了我。

"埃尔莎?埃尔莎,我知道你听得到我!您看到了吗?"他冲父亲说,"她有反应了。"

"够了,这只是偶然的误差,她的医生已经和我们解释过了。现在请您走吧。"

父亲的愤怒变得更加激烈了。

"不可能,"蒂博说,"我不会离开这里半步。"

"好吧……随便您。等等……您想干什么?"

这次我明显听出父亲的声音变得很慌张,随后我听到一阵已经十分耳熟的声响,谁在晃动我的仪器。我这才明白是蒂博想要把所有东西再接回去,不过他并不知道该怎么打点滴和插鼻管。

"这本是您应该做的事!"蒂博心无旁骛地说。

"这……您疯了吗?快住手!马上给我停下!"

"有本事您就试试。"

无论是谁听到蒂博这样的语气都会寒毛倒立。我的彩虹瞬间变成了发白的浅蓝色,如同一座最最坚固的冰山。

"我去叫医生。"

父亲夺门而出，房间里只剩下了我和蒂博。

他推开仪器想找连在上面的管子，但我觉得护士们的工作应该做得很彻底，除了呼吸机因为太沉还没有被搬走，以及将给出最终结果的脉搏感应器还在这里之外，这间病房里再也没有什么了。我感觉到一只颤抖的手放在了我的肩上。

"埃尔莎，求你了。我知道你能听见我说话。昏迷什么的我一点儿也不了解，但我知道你就在那里。求你了……"

随着一阵嘈杂声，房门打开了，但是我听不清楚声音。我听到了父亲的声音，有几个脚步快速向我走来，或者说是冲着蒂博来的，因为我能感到他们把他从我身边拉开。声音越来越模糊了。一片混乱的吵闹声将我包围，我只能在其中听出几个声音，有主治医生、实习医生、父亲、母亲，还有我歇斯底里的妹妹。史蒂夫，他也在，他在和谁说话，甚至是在冲谁喊叫。

我感觉自己一会儿轻，一会儿重，不知身处何方了。一切都开始模糊了。就像每次一切开始模糊，我都会逃离到练习当中去。

只要一次就好。

在一切消失前，只要一次就好。

二十六

    我对周围发生的事一概不知，心里只想着她，身体的全部反应都是下意识的，或者说我的脑子里只剩下两个念头：从史蒂夫怀里挣脱出来，再看她一眼。

    如果她停止了呼吸，我想我的呼吸也会跟着停止。

    现在我停止了挣扎，屋子里只能听到喘息声，很轻的说话声，还有抽泣的声音。我可能也发出了一些声音，我不知道，但所有这些声音都在跟随着监视器的节奏——那无比缓慢的"哔哔"声。监视器上那道明亮的曲线好像要把我催眠，那就是埃尔莎。我才意识到这是我第一次听到她没有任何辅助的呼吸声，那么缓慢，那么脆弱的呼吸声。

我身边围了这么多人，他们在盯着我，我不敢开口了。我有那么多的话想对埃尔莎讲，但这一切最终也可能只是短短几个字。我一下放松了肩膀，史蒂夫也慢慢放开了我。

"你就让她安安静静地走吧。"

我的头垂在胸前，眼中噙满了泪水。我在口中小声重复着埃尔莎的名字，然后听到自己怀着最后一丝希望大声说：

"埃尔莎，告诉他们你还活着！"

我感到所有目光都指向了我。

监视器仍旧响得越来越慢。我双拳紧握得手都发白了，脑袋里开始响起了倒计时。十……九……埃尔莎，醒醒啊……八……七……快醒醒，我知道你听见我说的话了……六……刚才你回应我了……五……四……

"怎么回事……"

那个女孩的声音把我从倒数中拉了回来，我之前见过她，她应该是埃尔莎的妹妹。虽然她们两个长得并不是很像，但是在眉眼当中还是能看到一些神似。

"她的心率好像上升了……"

我抬起了头。她说得没错，显示屏上的数字比我刚才看到的高了一些。我看向左边的两个医生，认出了当中的一个，他给我讲过这些仪器都是做什么用的。他们两个都显得很费解，但我似乎看到了那个实习医生眼中显现出一丝希望。但他的上司冲他否定地摇了摇头，低声说了些什么。实习医生转向家属说：

"偶然的。"

这是他嘴里说出唯一的一个词，我这辈子都不想再听到这个词。

只要一次就好。只要一次就好。

这个执念占据了我大脑中每一个还活跃着的细胞。

我什么也听不到了，我只想一件事。

只要成功一次就好。

我要转头，睁开双眼。

当她的心跳开始加速时，我的心跳都快要停住了。我跳进了那初次相遇的注视。我半张着嘴，和这个屋子里所有的人一样，屏住了呼吸。一切都静止了。

我知道我的手表指针仍在转动，但我周围所有人，包括史蒂夫，都一动不动地待在了原地，让我感觉时间好像静止了一样。我带着无比的优越感，独自一人走向她。

光太刺眼了，我赶快合上了眼睛，再慢慢睁开。此时此刻，他已经在我面前了。我不会告诉他，我还是喜欢他是一道彩虹的样子，因为我的大脑还不能反应出看到的所有颜色。不过我知道我成功了，而他的声音回荡在我的脑海。

"你醒过来了。"

我还活着。

图书在版编目（CIP）数据

我仍在 ／（法）克莱丽·阿维著；刘宇婷译．－－重庆：西南师范大学出版社，2017.4
ISBN 978-7-5621-8622-9

Ⅰ．①我… Ⅱ．①克… ②刘… Ⅲ．①长篇小说－法国－现代 Ⅳ．① I565.45

中国版本图书馆CIP数据核字(2017)第042096号

© 2015 by Editions Jean-Claude Lattès. Simplified Chinese edition arranged through Dakai Agency Limited

我仍在
WO RENGZAI

[法] 克莱丽·阿维 （Clélie Avit） 著　刘宇婷 译

出 品 人：米加德
总 策 划：卢　旭　彦吴桐
责任编辑：程　晋
特约编辑：姚丽晴
装帧设计：谷亚楠　陈雅欣
出版发行：西南师范大学出版社
　　　　　重庆市北碚区天生路2号　邮编：400715
　　　　　http：//www.xscbs.com
　　　　　市场营销部电话：023-68868624
印　　刷：重庆荟文印务有限公司
字　　数：134千字
开　　本：890mm×1240mm　1/32
印　　张：9.125
版　　次：2017年7月第1版
印　　次：2017年7月第1次
著作权合同登记号：2017年第063号
书　　号：ISBN 978-7-5621-8622-9
定　　价：38.00元

读者回函表
Readers
WIPUB BOOKS

姓名：_____ 性别：_____ 年龄：_____ 职业：_____ 教育程度：_____

邮寄地址：_____ 邮编：_____

E-mail：_____ 电话：_____

您所购买的书籍名称： 《我仍在》

您对本书的评价：

书　名： ☐满意　☐一般　☐不满意　　故事情节： ☐满意　☐一般　☐不满意
翻　译： ☐满意　☐一般　☐不满意　　书籍设计： ☐满意　☐一般　☐不满意
纸　张： ☐满意　☐一般　☐不满意　　印刷质量： ☐满意　☐一般　☐不满意
价　格： ☐便宜　☐正好　☐贵了　　　整体感觉： ☐满意　☐一般　☐不满意

您的阅读渠道（多选）： ☐书店　☐网上书店　☐图书馆借阅　☐超市/便利店
☐朋友借阅　☐找电子版　☐其他 _____

您是如何得知一本新书的呢（多选）： ☐别人介绍　☐逛书店偶然看到　☐网络信息
☐杂志与报纸新闻　☐广播节目　☐电视节目　☐其他 _____

购买新书时您会注意以下哪些地方？
☐封面设计　☐书名　☐出版社　☐封面、封底文字　☐腰封文字　☐前言后记
☐名家推荐　☐目录

您喜欢的书籍类型：
☐文学-奇幻小说　☐文学-侦探/推理小说　☐文学-情感小说　☐文学-散文随笔
☐文学-历史小说　☐文学-青春励志小说　☐文学-传记
☐经管　☐艺术　☐旅游　☐历史　☐军事　☐教育/心理　☐成功/励志
☐生活　☐科技　☐其他_____

请列出3本您最近想买的书：_____、_____、_____

请您提出宝贵建议：_____
_____

★感谢您购买本书，请将本表填好后，扫描或拍照后发电子邮件至 wipub_sh@126.com 和 xscbsr@sina.com，您的意见对我们很珍贵。祝您阅读愉快！

图书翻译者征集

为进一步提高我们引进版图书的译文质量,也为翻译爱好者搭建一个展示自己的舞台,现面向全国诚征外文书籍的翻译者。如果您对此感兴趣,也具备翻译外文书籍的能力,就请赶快联系我们吧!

您是否有过图书翻译的经验: □有(译作举例:_____)
　　　　　　　　　　　　　　□没有
您擅长的语种:□英语　□法语　□日语　□德语
　　　　　　　□韩语　□西班牙语　□其他_____
您希望翻译的书籍类型:□文学　□生活　□心理　□其他_____

请将上述问题填写好、扫描或拍照后,发电子邮件至 wipub_sh@126.com 和 xscbsr@sina.com,同时请将您的译者应征简历添加至邮件附件,简历中请着重说明您的外语水平等。

期待您的参与!

西南师范大学出版社
上海万墨轩图书有限公司

更多好书资讯,敬请关注

万墨轩图书　　西南师范大学出版社

文学 · 心理 · 经管 · 社科

艺术影响生活,文化改变人生